LA DÉMESURE

Soumise à la violence d'un père

Interne en médecine et docteur ès sciences, Céline Raphaël milite pour un engagement politique en faveur de la protection de l'enfance et une meilleure formation des professionnels de santé au repérage de la maltraitance.

Daniel Rousseau est pédopsychiatre depuis vingt-cinq ans. Il intervient dans un foyer de l'enfance, à Angers. Il a publié *Les grandes personnes sont vraiment stupides* (Max Milo Éditions, 2012).

CÉLINE RAPHAËL

La Démesure

Soumise à la violence d'un père

Postface de Daniel Rousseau

MAX MILO

ISBN : 978-2-253-18565-9 – 1re publication LGF

Introduction

Un soir, peu après mon dixième anniversaire, alors que j'avais reçu de nombreux coups et que je n'avais pas eu le droit de dîner, mon père a décidé que je n'irais pas me coucher sans une dernière punition. Il m'a emmenée dans la cuisine et m'a fait asseoir à table. Il a ensuite pris une assiette et y a mélangé de l'omelette froide, un yaourt, du pain, de l'eau et de la salade.

« Tu ne sortiras de table que lorsque tu auras tout fini. Tout. Y compris la sauce. »

J'ai alors osé me tourner vers lui, entre bravade et désespoir. Je lui ai demandé, en larmes, ce que je lui avais fait pour mériter de souffrir comme il me faisait souffrir. Même Haydn, notre berger allemand, était mieux traité que moi. Mon père m'a répondu froidement, en me regardant droit dans les yeux :

« Tu es pire qu'un chien. »

Ces mots irrémédiables ont marqué ma chair jusqu'au sang. Je ne les oublierai jamais. J'ai beaucoup de mal à m'en défaire.

Toutes les années qui passent me rappellent à eux et sont un frein à un épanouissement que j'aimerais total. J'ai très peu confiance en moi. Je ne m'aime pas beaucoup.

Je ne suis pas vraiment moche mais pas vraiment belle non plus.

On ne peut pas dire que je sois bête mais je ne me trouve pas vraiment intelligente.

J'ai du mal à penser qu'on puisse être un jour fier de moi et je m'étonne chaque jour d'avoir un compagnon depuis tant d'années et qui m'aime avec tant de force. J'ai la désagréable impression d'être un imposteur.

Mon père voulait faire de moi une pianiste d'exception. Il exigeait de moi la perfection, et je n'ai jamais pu être à la hauteur de ses attentes. J'étais simplement une enfant normale et je l'ai payé très cher.

Lorsque je me regarde dans le miroir, je repense à toutes ces années de lutte pour ne pas mourir. Toutes ces années à souffrir en silence dans l'espoir qu'un jour quelqu'un viendrait me sauver la vie, en m'arrachant des mains de mon père. Je me suis battue pour survivre et j'ai survécu. Aujourd'hui, en définitive, je crois même pouvoir dire que j'ai réussi. Une thèse de sciences en poche, l'internat de médecine qui touche à sa fin, et un combat que j'ai commencé à mener contre la maltraitance faite aux enfants, pour faire tomber les tabous et éviter que d'autres souffrent en silence. Les lois et les mentalités doivent évoluer pour réduire à néant les tortures intrafamiliales, si faciles à cacher tant on ne veut pas les voir.

Avec le recul, je me dis que, tout compte fait, je vaux bien mieux qu'un chien.

Oublier ? Pardonner ? Comment se reconstruire ? Peut-être en racontant, pour éviter le pire à d'autres enfants, pour ouvrir les yeux aux adultes qui les entourent.

Ceci est mon histoire. Au nom de mon don pour la musique, je suis devenue une bête à jouer, et mon père a été mon bourreau. Autour de moi, les autres faisaient la sourde oreille.

Aujourd'hui, mes doigts courent sur le clavier, et j'y dépose mes souvenirs. J'écris, à mon rythme, la partition de mon histoire pour trouver, enfin, une nouvelle harmonie.

Écoutez-moi.

1

À 2 ans et demi, les premières notes

C'est un soir d'hiver et il fait un froid glacial. La neige a tout recouvert sur son passage et on ne distingue plus rien au-dehors, à part quelques lumières chez nos voisins. Nous habitons alors en Ardèche dans une maison construite par mes parents au bout d'une petite impasse. Pour mes yeux de petite fille, cette maison est un château tant elle me semble immense. J'y ai même une salle juste pour moi au rez-de-chaussée, où j'entrepose mes jouets : la salle de jeu. Bien qu'il soit recouvert en ce moment d'un long manteau blanc, on peut encore deviner par les fenêtres un magnifique jardin s'étendant sur plusieurs hectares et bordé par la rivière. Mon père est un passionné et passe tout son temps libre à cultiver la terre, l'arroser, planter des légumes et prendre soin de ses arbres fruitiers lorsque la météo le permet. Près de la terrasse, il a cependant aménagé pour moi une aire de jeu, avec une balançoire et un toboggan dont je pourrai profiter dès que les beaux jours seront revenus.

Alors que je suis blottie tout contre ma mère sur le canapé du salon, devant un feu de cheminée, on sonne à la porte. Mon père se lève rapidement pour aller ouvrir, afin que le bruit de sonnette ne réveille pas ma petite sœur, Marie, qui vient juste de s'endormir.

Je le regarde encore avec respect et déjà de la crainte. C'est un homme grand et mince, le teint mat et les cheveux noirs comme l'ébène. Sa moustache durcit ses traits et lui donne un air très sérieux. Il a le regard sévère et le sourire rare, probablement déjà marqué par ses nouvelles responsabilités professionnelles en tant qu'ingénieur chef d'équipe à tout juste 30 ans.

Devant la porte, se tiennent deux livreurs. Ils portent à bout de bras un immense piano droit de la couleur du bois naturel, avec des touches en ivoire.

« Ce piano est pour toi », me dit mon père, les yeux brillants. Il regarde ma mère avec fierté. Comme si l'offre de cet instrument venait, pour lui, réparer une blessure de son passé. À cet instant, j'ignore encore que ce magnifique cadeau dont tant d'enfants rêveraient va devenir prétexte à une vie de cauchemar.

Ma mère semble également émerveillée devant ce monstre de bois, imposant et magnifique.

À l'inverse de mon père, c'est une femme frêle et plutôt petite. Elle est très pâle, mais ses yeux pétillants et son sourire chaleureux lui donnent un air radieux. Chacun des traits de son caractère s'oppose à ceux de mon père. Elle est aussi exubérante qu'il est renfermé, aussi affectueuse qu'il est distant, aussi gaie qu'il semble triste.

Je contemple mon piano avec envie et ne le quitte pas du regard pendant que les deux hommes l'installent dans la salle de jeu. J'ai 2 ans et demi, et mon destin est en marche. L'enfer vient de pénétrer par notre porte sous les traits de l'harmonie. Le rouleau compresseur écrasant nos vies et scellant notre destin vient de s'ébranler. Ce piano est le cheval de Troie de l'obsession de mon père, mais personne encore ne peut le soupçonner.

Je ne sais pas pourquoi mon père a choisi cet instrument pour moi. Peut-être aurait-il aimé en jouer étant petit. Faute d'argent, il aura dû se contenter de l'accordéon.

Peut-être a-t-il voulu canaliser mon énergie débordante et ma vivacité à cette époque, pour en faire quelque chose de constructif. Il faut dire que j'étais plutôt précoce pour mon âge.

Ma mère, qui s'est arrêtée de travailler juste avant ma naissance, a mis un point d'honneur à m'apprendre très tôt à parler, à lire et à marcher. Elle raconte souvent avec fierté comment, dès l'âge de 9 mois, allongée dans mon landau, j'étonnais les passants, qui se demandaient, un peu éberlués, si c'était bien avec le bébé que ma mère était en train de converser.

Vers l'âge de 2 ans, je pose déjà des questions à longueur de journée sur les choses de la vie. Je veux tout savoir, tout faire, et j'épuise ma mère qui botte parfois en touche et m'oriente vers mon père pour quelques minutes de répit.

Peut-être que si je n'avais pas été si pénible petite, les choses auraient pris une tournure différente. Peut-être que si c'était à refaire, je ne serais pas devenue encore plus exigeante et hyperactive, voire un tantinet jalouse, à l'annonce de la nouvelle grossesse de ma mère. Je n'avais absolument pas envie d'avoir un frère ou une sœur qui viendrait monopoliser mes parents et me congédierait en deuxième position dans leur cœur.

L'histoire est classique. Je m'accrochais peut-être un peu trop à ma mère et tentais de l'accaparer au maximum. Je ne la lâchais plus d'une semelle et la suivais jusque dans les toilettes, ce qui avait le don d'exaspérer ses amies, qui la trouvaient beaucoup trop souple à mon égard. Ma mère ne savait pas dire non.

Le soir du 10 novembre 1985, la symbiose qui m'unissait à ma mère s'est fendue.

Cette nuit-là, mon père me réveille en catastrophe pour me déposer chez la voisine tandis qu'il fonce avec ma mère, sujette à de fortes contractions, vers le centre hospitalier le plus proche. Maman n'est enceinte que de cinq mois et demi. À ce terme, le bébé qu'elle attend est-il seulement viable ?

Arrivée à l'hôpital, ma mère a rapidement fait une hémorragie massive. Elle est tombée dans le coma. Les médecins ont été obligés de la faire accoucher de ma sœur, Marie, par césarienne. Cette dernière, grande prématurée, a fait une hémiplégie gauche du fait d'une anoxie cérébrale mais a survécu. Elle a immédiatement été placée en couveuse et transférée dans un hôpital pédiatrique. Pendant ce temps-là, j'étais chez une voisine et amie de ma mère. Ces jours ont été pour moi source d'une grande solitude et d'un manque criant d'affection.

Avant même de la connaître, j'avais donc déjà des comptes à régler avec Marie. Dans mon esprit de petite fille, elle est l'unique responsable de l'absence de ma mère à mes côtés.

Lorsque mes parents viennent enfin me récupérer, j'ai tellement peur que ma mère ne m'abandonne de nouveau que je redouble de vigilance et reste littéralement collée à elle toute la journée, pleurant et hurlant quand elle doit partir pour l'hôpital chaque après-midi, pour voir ma sœur.

La convalescence de Marie se passe plutôt bien et elle est rapidement sevrée en oxygène. Elle arrive à s'alimenter seule et son cerveau semble intact. L'hémiplégie régresse, mais un problème sérieux aux hanches persiste. Il nécessite la pose d'un harnais, instrument de torture censé maintenir les membres inférieurs dans l'axe pour permettre une croissance harmonieuse, mais terriblement difficile à supporter pour un nourrisson. Malgré tout, trois mois plus tard, Marie ayant atteint l'âge auquel elle aurait dû normalement venir au monde, les médecins autorisent mes parents à la ramener à la maison.

Je continue à manifester, paraît-il, une intense jalousie vis-à-vis de ce bébé et réclame à ma mère une attention de tous les instants, attention qu'elle est bien incapable de me prêter du fait de l'état de santé de Marie. Ma sœur doit recevoir un biberon toutes les deux heures, le jour comme la nuit, et le port de son harnais, qui la fait souffrir, exige beaucoup de soins pour éviter à sa peau de s'abîmer à cause des frottements et de la macération. Les journées de ma mère sont donc rythmées par les pleurs et l'angoisse. Elle a bien peu de temps pour moi. Je dois commencer à me débrouiller seule. Je deviens parfois très désagréable avec elle car je souffre de son manque d'attention. Je lui tiens tête et dis non à tout, tout le temps. Je la fatigue à tel point qu'elle me confie à mon père. Il prend alors la décision de me faire faire de la musique.

Je débute ainsi ma carrière de pianiste à l'aide de gommettes colorées, à l'âge où les autres enfants apprennent à parler. Cette technique d'apprentissage, au moyen de couleurs correspondant chacune à une touche de piano et à une note sur la partition, est une idée de ma nouvelle et première professeure de piano, Mme Lévy. La seule de toute la région qui ait accepté de prendre sous son aile une élève si jeune, après beaucoup de supplications de la part de mon père. Lui s'octroie le rôle de répétiteur.

Je débute par *la Méthode rose*, puis passe très vite aux *Classiques favoris du piano* qui sont les grands standards de tout apprentissage. Le piano est un jeu et j'aime bien aller chez Mme Lévy car elle est très gentille et douce avec moi. Elle me donne toujours un bonbon à la fin de son cours pour me récompenser d'avoir bien travaillé.

À la maison, mon père m'astreint d'abord à trente minutes par jour puis, rapidement, à une heure de piano. Malgré de fréquentes oppositions de ma part car j'ai du mal, à trois ans, à me concentrer si longtemps, j'aime l'attention qu'il me porte pendant ces cours particuliers. Quelqu'un s'occupe de moi.

Notre famille se scinde insidieusement et progressivement en deux. Il y a mon père et moi d'un côté, passant de plus en plus de temps au piano dans la salle de jeu, et ma mère et ma sœur de l'autre, vacant à leurs occupations dans le reste de la maison.

Je suis, à cette époque, une petite fille vive. Un peu rebelle sans doute, comme beaucoup d'enfants finalement. J'aime beaucoup dire non et tenir tête aux adultes. J'en ai encore la capacité.

Bientôt je ne serai plus rien. Cassée. Je vais peu à peu devenir un être incapable d'exprimer la moindre opinion, incapable de dire non, de dire stop, de dénoncer. J'étais à 2 ans une explosion de curiosité, et quelques années plus tard je serai uniquement focalisée sur ma survie. Les touches d'ivoire, rigides, et la noirceur de mon piano allaient devenir mon seul horizon.

2

« Votre fille a un don, Monsieur »

Peu avant mes 5 ans, nous avons déménagé en Allemagne. Mon père avait trouvé un bon poste dans une usine chimique. Il devenait directeur technique de toute une firme là-bas.

Nous avons emménagé dans un joli quartier résidentiel, plutôt chic. Notre maison était cette fois-ci mitoyenne, avec un petit jardin donnant sur l'école du village. Nous partagions notre sous-sol avec nos voisins, un couple de retraités. Ces derniers semblaient voir d'un mauvais œil l'arrivée de deux enfants en bas âge. L'abri antiatomique qu'ils avaient fait construire dans une des pièces de la cave était le symbole de leur méfiance générale.

Marie et moi avons été inscrites à l'école française. Nous pouvions y aller à pied. En sortant de la maison, il fallait se diriger vers la forêt qui se trouvait à quelques mètres et la traverser de bout en bout. L'école était de l'autre côté.

Nous étions toujours accompagnées de notre mère lors de ces trajets quotidiens. La profondeur de cette forêt, l'immensité de ses arbres et les nombreux bruits qu'elle nous laissait entendre étaient source d'inspiration et j'aimais inventer à chaque fois de nouvelles histoires de sorcières ou de fantômes, pour me faire peur.

Je rentrais en CE1, Marie en moyenne section de maternelle.

En Allemagne, dès l'école primaire, les élèves ont un instituteur différent par matière. Je me retrouvais ainsi avec un enseignant pour les mathématiques, un pour l'allemand, un pour le français, un pour les arts plastiques et un pour l'histoire et la géographie. Cette multiplication de professeurs était assez angoissante pour moi car nous passions très peu de temps avec chacun d'eux. Ils ne nous connaissaient au final pas très bien et avaient parfois du mal à se souvenir de nos prénoms. Inutile d'imaginer se confier à l'un d'entre eux en cas de problème…

À peine les cartons déballés et le piano installé dans la nouvelle salle de jeu, mon père se mit en quête d'un nouveau professeur pour moi et trouva en Mme Tonnen sa perle rare.

Cette nouvelle professeure était une vieille dame sans âge. Maigre et voûtée, elle ne se déplaçait qu'avec sa canne. La coupe au carré, et un visage marqué par une vie rigoureuse et sans doute pénible. Elle vivait avec sa sœur ainée, une centenaire se portant pourtant plutôt mieux qu'elle, et un oiseau vert enfermé dans une cage qui semblait être pour toutes les deux leur unique trésor en même temps qu'un miroir.

Cette femme avait dû en faire voir de toutes les couleurs à ses petits élèves depuis plusieurs décennies. Elle fut tout de suite ébahie devant tant de dextérité chez une enfant si jeune.

Chaque samedi, à l'heure de notre rendez-vous hebdomadaire, elle répétait à mon père que j'avais un don, un talent rare qu'il fallait exploiter et ne surtout pas gâcher. Elle me faisait travailler dur et ne se montrait pas vraiment tendre avec moi. Une vieille croyance veut que la sévérité extrême soit un bon moyen d'apprentissage.

Mme Tonnen faisait partie de la vieille école de l'Europe de l'Est qui veut que le châtiment soit le seul mode d'éducation qui marche pour amener les talents à la réussite. Avec elle, j'avais l'impression que je ne faisais jamais assez bien.

Peu à peu son comportement a déteint sur celui de mon père qui se montrait de plus en plus exigeant. Son regard devenait chaque jour un peu plus noir et méchant. Je n'avais quasiment plus le droit de discuter ses injonctions. « Tais-toi et joue » devenait son refrain préféré. Il ne laissait plus passer la moindre imperfection, pas même une faute de doigté, et le temps passé au piano s'allongeait de plus en plus au fur et à mesure des jours.

Alors qu'en France je faisais déjà presque trois ou quatre heures de piano quotidiennes, notre arrivée en Allemagne – j'avais 4 ans et demi – fut synonyme d'une montée en puissance de la dureté de mon père à mon égard. C'est dans ce pays que se révéla son obsession pour la perfection au sens pianistique du terme. Un système de punition de plus en plus pervers se mit en place à cette époque.

Un dimanche matin, peu avant mon cinquième anniversaire, je répétais une étude de Pozzoli depuis bientôt trois heures. Mon père, qui se trouvait assis sur un tabouret à ma droite, s'énervait de plus en plus. Je commençais à fatiguer et j'avais de plus en plus de mal à me concentrer.

« Je te préviens, je prends une feuille et je note. Si tu fais plus de trois fautes sans t'arrêter pour te corriger, tu auras trois coups de ceinture. »

Je ne dis rien mais j'étais sous le choc : la peur m'envahit. J'avais les mains moites, et mes doigts commencèrent à trembler.

J'essayais de me concentrer au maximum et de reprendre le morceau, mais mon esprit était absorbé par la feuille qu'il tenait entre les mains.

Je me souviens de chaque seconde de ce moment comme si je le revivais.

Je joue aussi bien que je le peux mais, en plein milieu d'une mesure, j'entends le bruit du crayon sur le papier. Le stress monte. Je n'ai pas entendu de faute alors que mon père vient apparemment d'inscrire le premier bâton. Du coup, je me déconcentre. Deuxième faute et deuxième coup de crayon.

Je n'y arrive plus. Je suis focalisée sur le bruit du crayon et je redoute la suite. Je ne sais même plus ce que je suis en train de jouer. Je ne regarde pas la partition, mais, du coin de l'œil, le reflet de mon père dans le piano, pour pouvoir parer au moindre mouvement brusque de sa part. Au troisième bâton tracé sur la feuille, il se lève dans un calme absolu. Sans prononcer le moindre mot, il défait sa ceinture et me désigne le bureau qui se trouve sur la gauche du piano.

« Baisse ton pantalon et penche-toi en avant, les mains à plat sur le bureau. »

Tétanisée, je n'ose parler. Je m'exécute en prenant le plus de temps possible tant je redoute ce moment. C'est la première fois que j'ai peur comme cela. Je n'arrive pas à ôter mon regard de sa ceinture et, une fois penchée en avant, je la suis des yeux.

Le premier coup est comme une déchirure. Je ressens une brûlure vive, intense et brutale au niveau des cuisses. Je ne connaissais pas cette douleur et je retiens difficilement mes larmes.

Le deuxième coup est encore plus douloureux car mes chairs sont à vif.

Je pense tellement à cette douleur que je ne sens pas le dernier coup.

Sans un mot, je remonte mon pantalon pendant que lui remet sa ceinture et se rassoit tranquillement sur son tabouret. Je reprends place devant le piano.

« On recommence à la deuxième page. »

À peine a-t-il prononcé ces mots que ma mère frappe à la porte.

« C'est l'heure de manger, vous venez ?

— Céline ne mange pas. »

Sur ces paroles, il se lève et me regarde d'un air méchant.

« Tu travailles pendant que je déjeune, et ensuite on s'y remet tous les deux. Et je ne veux pas t'entendre t'arrêter sinon gare à toi. »

Je suis perdue. Mon esprit s'emballe. J'essaie de me calmer mais je n'y arrive pas. Tout se bouscule dans ma tête. Comment est-ce possible ? Qu'est-ce qui m'arrive ? Comment mon papa, qui m'emmenait au parc en France avec ma poupée Sidonie et qui me faisait faire de la balançoire, a pu me faire mal comme ça ? Pourquoi ne veut-il pas que je mange ? Qu'est-ce qui va se passer cet après-midi ? Est-ce qu'il ne m'aime plus ? Est-ce qu'il va recommencer ?

Je ne peux plus réfléchir, je suis terrorisée. Comme si je pressentais que ce n'était que le début et que ma vie venait de changer à jamais. Paniquée, je ne me contrôle plus. Il faut que je retrouve l'amour de mon père. Il faut que mon père me refasse un sourire, il faut qu'il me pardonne. Je n'ai pas d'autre choix.

Je me lève alors du tabouret et ouvre la porte de la salle de jeu. Je les entends dans la cuisine, lui, ma mère et Marie. J'entends le bruit des fourchettes et des couteaux cogner contre les assiettes, j'entends qu'ils discutent entre eux comme si je n'existais pas. J'ai peur.

Je me mets alors à quatre pattes, traverse le couloir et arrive devant la porte de la cuisine.

« S'il te plaît papa, pardonne-moi. Excuse-moi d'avoir mal joué. Je t'en supplie, reviens avec moi, je travaillerai correctement, je te le jure. »

À ce moment-là, manger ne m'intéresse pas. Tout ce qui compte c'est que mon père me pardonne et ne soit plus fâché. Je veux qu'il continue à m'aimer.

Toujours à quatre pattes, je pleure.

Ma mère et ma sœur ne disent rien.

« Retourne immédiatement dans la salle de jeu. Je compte jusqu'à trois. Un, deux, trois. »

Il se lève d'un seul coup. Ma mère le retient par le bras.

« D'accord, d'accord, je pars. Ne me tape pas », dis-je, en me protégeant la tête avec mes mains au cas où.

Je me dépêche alors de regagner la salle de jeu et je referme la porte.

Je venais de perdre mon père et l'amour de mon père. Je découvrais progressivement la peur de l'après et prenais conscience à cet instant-là qu'à tout moment je pouvais mourir.

Mourir d'angoisse, mourir de douleur, mourir sous les coups.

Ce n'était que trois coups de ceinture comme il y en eut des centaines, mais ces trois coups-là venaient de bouleverser ma vie.

3

L'apprentissage du silence

Ce coup de tonnerre mit un terme à mon innocence et ma vie devint de plus en plus pesante. Mes journées se déroulaient dans la peur d'être de nouveau frappée et l'angoisse de la mort commençait à m'envahir. Chaque nuit, je faisais désormais le même cauchemar. J'étais dans mon lit et des orangs-outans menaçants s'approchaient de moi. Ils tentaient de me kidnapper. J'essayais bien de m'échapper, mais je n'arrivais ni à monter l'escalier ni à marcher. J'étais comme paralysée. Au moment où ils allaient réussir à me mettre la main dessus je me réveillais systématiquement en sursaut. La sauvagerie dont avait fait preuve mon père à mon égard m'avait marquée au plus profond de mon inconscient.

À l'école, la majorité des élèves était issue de familles allemandes éminentes. Il était bien vu de mettre ses enfants dans une institution française. Comme je ne parlais pas un mot d'allemand, j'étais un peu mise à l'écart et n'avais pas beaucoup d'amis. Les professeurs, différents pour chaque matière, me connaissaient peu. À peine leur cours fini, ils avaient déjà tourné les talons pour enseigner dans une autre classe. Aucun ne s'intéressait à moi. Je me contentais donc simplement d'être une bonne élève et ne disais pas un mot de ce qui se passait à la maison.

Alors que je perdais espoir, Geneviève entra dans nos vies. C'était une voisine. Elle était française mais vivait depuis plus de trente ans en Allemagne. Âgée d'une quarantaine d'années, elle était très joviale et d'une extrême gentillesse. Grande, plutôt mince, les cheveux gris coupés court, elle portait de petites lunettes rouges qui lui donnaient un air sympathique.

Elle était mariée à un ingénieur avec qui elle avait eu deux fils maintenant adultes. Ils avaient tous deux quitté la maison peu de temps auparavant pour vivre leur vie. Après notre emménagement, c'est elle qui fut la première (et la seule) de tout le quartier à venir frapper à notre porte pour nous souhaiter la bienvenue. Elle fut une vraie bouffée d'oxygène pour ma mère qui étouffait dans cette ambiance bourgeoise et un tantinet casanière. Depuis notre arrivée, aucun autre voisin ne nous avait adressé la parole. Tout ce que nous voyions lorsque nous sortions de la maison, c'était des rideaux se refermant derrière les fenêtres. Dans cette résidence, les gens s'épiaient mutuellement mais ne se parlaient pas.

Geneviève se moquait pas mal des us et coutumes locaux et n'avait pas changé ses habitudes. C'était une femme généreuse. Elle recueillait tous les animaux arrivant devant sa porte. Son salon était une vraie arche de Noé. On y trouvait un chat, Grabotte, un hérisson, une tortue et des oiseaux. Elle rendait également visite aux enfants malades de l'hôpital régional. Elle avait même créé un fanzine pour les enfants français du quartier, *le Col vert*. Tout était écrit de sa main. Les dessins aussi étaient d'elle. Elle regorgeait d'imagination et de créativité. Dans ce petit fascicule, différents thèmes étaient abordés : histoire, français, astuces pour décorer des objets, leçons sur la vie des animaux, jeux… Elle nous faisait même la distribution à vélo une fois par mois !

Elle ne savait pas vraiment ce qui se passait chez nous, mais trouvait tout de même que je faisais beaucoup trop de piano pour mon âge. Trop réservée pour oser émettre une objection à cette manière qu'avaient mes parents de m'éduquer, elle essayait de trouver d'autres moyens de m'arracher à mon sort. Aussi, quand elle le pouvait, elle nous emmenait parfois, Marie et moi, à la piscine et nous gardait quand mes parents devaient sortir le soir. Marie et moi dormions alors chez elle dans la « chambre bleue ». Une chambre confortable et chaleureuse avec un lit superposé où je me sentais bien et en sécurité. Ces nuits passées chez Geneviève étaient des nuits sans cauchemars, emplies de sérénité.

J'aimais beaucoup être en sa compagnie, car elle était douce et rassurante. Je mourais d'envie de lui parler de ce qui se passait à la maison, mais une force que je ne maîtrisais pas m'en empêchait. J'avais peur qu'elle ne décide d'en parler à mon père et que la situation n'empire pour moi.

Le jour de mes six ans, elle me fit une énorme surprise en venant me chercher chez moi après avoir demandé la permission à mon père. Je suis montée dans sa voiture sans savoir où nous allions. Ce n'est qu'une fois arrivée devant un cinéma que j'ai découvert avec une immense joie qu'elle m'avait emmenée voir *Ariel, la petite sirène*, en allemand. C'était la première fois que j'allais dans un tel endroit et j'étais aux anges. C'était un très beau cadeau. Un merveilleux instant de liberté et de féerie pour oublier ma prison quotidienne.

J'étais vraiment heureuse. Je me sentais bien et en confiance. Nous étions assises là, toutes les deux, devant ce dessin animé plein de couleurs. Le temps s'était arrêté pour panser mes blessures.

Je ne pense pas qu'elle se doute de l'importance de ce qu'elle a fait pour moi ce jour-là.

À la sortie de la salle, j'avais très envie de me confier à elle, en me disant qu'elle pourrait peut-être m'aider. Je voyais en elle une fée et j'imaginais dans ma tête de petite fille que, grâce à un coup de baguette magique, elle pourrait faire en sorte de tout effacer. Peut-être pourrais-je avoir une deuxième chance ? Peut-être avait-elle le pouvoir de transformer mon père en un père affectueux ? Peut-être pouvait-elle lui faire prendre conscience de la cruauté de ses actes ? Mais, encore une fois, je ne pus ouvrir la bouche.

La peur de ne pas être crue, d'aggraver les choses, la peur de faire du mal à mon père ou de le décevoir avait pris le dessus sur mes rêves. Peu à peu, j'apprenais le silence.

Puisque je ne pouvais pas parler aux autres, il me restait ma mère. Elle qui savait ce qui se passait l'empêcherait de recommencer. J'avais confiance. Il ne me restait plus qu'elle.

Ce n'est que bien plus tard que j'ai compris qu'elle non plus ne pouvait pas m'aider. Mon père avait pris le pouvoir sur chaque membre de notre famille et nous avait rendues faibles. Ma mère n'avait depuis longtemps plus voix au chapitre.

4

L'enfance gâchée de mes parents

Ma mère est la troisième de sa fratrie, derrière une sœur et un frère aîné. D'une famille plutôt pauvre, elle a beaucoup souffert de l'alcoolisme de son père et de sa déchéance progressive. Elle a été marquée à vie par les cris qui se faisaient entendre chez elle lorsqu'il rentrait saoul, quasi quotidiennement. Elle a vu ma grand-mère compter chaque centime pour pouvoir nourrir ses enfants jusqu'à la fin du mois, et s'est juré très jeune que, dans la famille qu'elle se construirait plus tard, il n'y aurait jamais de cris. Son enfance fut d'autant plus dure à supporter que ma mère savait que sa famille aurait pu être heureuse si son père n'avait pas sombré dans l'alcool. Elle me raconte souvent qu'il était gentil et affectueux quand il était sobre.

« Il chantait *C'est la java bleue* à tue-tête. Il était si gai », aime-t-elle se rappeler.

Des quatre frères et sœurs, ma mère était la préférée de mon grand-père. Parfois, le dimanche, il l'emmenait avec lui au café. Il l'installait sur une petite estrade pour qu'elle chante car ma mère a une voix hors du commun. Les clients lui donnaient alors un petit pourboire et le patron payait la tournée. Ma mère avait droit à une petite grenadine tandis que mon grand-père prenait son premier verre.

Ma mère est quelqu'un de très brillant. Excellente élève, elle avait un talent pour l'écriture que je lui envie beaucoup. Pourtant, alors qu'elle aurait pu faire de brillantes études, son envie de partir de chez elle et de s'éloigner de cette ambiance malsaine a pris le dessus. Elle s'est inscrite à la faculté en DEUG de sociologie, puis a rapidement trouvé du travail pour subvenir à ses besoins et prendre son autonomie. Elle a rencontré mon père, à peine majeure. Gentil, attentionné, beau garçon, elle l'a rapidement placé sur un piédestal et en est tombée follement amoureuse. Il était alors un étudiant extrêmement intelligent, promis à un avenir brillant. Ma mère s'était tout de suite sentie en sécurité à ses côtés.

Je ne peux m'empêcher de penser à ce qui se serait passé si mon grand-père n'avait pas bu. Peut-être que les choses auraient été différentes. Ma mère aurait peut-être été une femme épanouie, pleine de confiance en elle, affirmée et heureuse. Peut-être que, par la magie de l'effet papillon, ma vie aurait été plus douce. Peut-être…

Mon père est l'aîné d'une famille d'immigrés encore plus pauvres, originaires d'Italie. Ses parents ne parlaient pas du tout le français à leur arrivée dans l'est de la France. Précoce par la force des choses, il dut remplir dès l'âge de 5 ans leur déclaration de revenus et s'occuper très jeune de toute la paperasse. Tandis que mon grand-père était mineur de fond dans les mines de Lorraine, ma grand-mère s'occupait de ses quatre enfants.

Mon grand-père était un homme particulièrement violent, élevé durement par son propre père, sans pitié ni même une once de douceur. Il désirait ardemment que ses enfants atteignent un meilleur niveau social et se tuait chaque jour à la tâche en cumulant plusieurs emplois, le matin, le soir, la nuit, etc. En retour, il était d'une exigence extrême vis-à-vis des aînés afin qu'ils réussissent à l'école. Si mon père a reçu peu d'affection de la part de son père, peu de paroles rassurantes, il a en revanche reçu beaucoup de corrections. Il devait être terrorisé par lui étant enfant, à tel point qu'une voisine nous a raconté qu'un jour, il avait voulu se jeter par la fenêtre de leur immeuble de peur de lui annoncer une mauvaise note (huit sur dix) en maths. À l'adolescence, il est même devenu bègue lors d'un épisode qui reste pour moi mystérieux car dans la famille de mon père personne ne parle. Sa terreur devait être immense pour qu'il en arrive à perdre l'usage correct de la parole. Pourtant, tout ce que ses enfants ont pu me dire de ce grand-père, c'est qu'il était « sévère mais juste ».

Aucun d'eux ne parle des coups reçus, de la violence, de la peur. Tous ont occulté cette partie de leur vie, pour ne retenir de leur père que l'image d'un homme qui s'est sacrifié pour eux.

Pourtant, un jour, ma mère m'a raconté une anecdote qui en dit long sur l'enfance qu'ils ont dû vivre. Alors qu'elle et mon père se connaissaient depuis sept ans, celui-ci s'est enfin décidé à la présenter à ses parents. La soirée avançait et le fils de ma tante était encore devant la télévision alors que sa mère lui avait demandé d'aller se coucher. Mon grand-père a alors rétorqué qu'il pouvait rester encore un peu car ce n'était plus un bébé. Sa fille a protesté et ce, devant ma mère. Mon grand-père, terriblement vexé qu'on le contredise devant une étrangère, s'est brusquement levé et a commencé à cogner sur sa fille à coups de pied, de poing, à la gifler devant ma mère horrifiée, jusqu'à ce que mon père s'interpose entre eux.

Le lendemain matin, alors que tout le monde était en train de déjeuner, sauf ma tante qui dormait encore, ma mère et mon père ont entendu des bruits suspects et des cris étouffés. Ils se sont levés précipitamment et se sont rendus dans la chambre de ma tante. Mon grand-père était sur elle, une chaussure à talon ramassée au pied du lit dans la main. Il était en train de finir ce qu'il avait entrepris la veille. Il la frappait. Tirée de son sommeil par cette violence, ma tante hébétée n'avait aucune réaction.

Voilà qui était mon grand-père. Un homme qui peut-être s'était sacrifié pour que ses enfants réussissent, mais un homme violent, méchant, rancunier, et que rien n'arrêtait.

Mon père a malgré tout réussi de brillantes études dans des conditions difficiles, une chambre de bonne minuscule à Paris, et pas de quoi se faire trois repas par jour. Il ramassait les capsules de bouteille dans les rues pour les ramener chez l'épicier afin d'avoir un peu d'argent. Cela ne l'empêcha pas de sortir major de sa promotion d'une des plus grandes écoles d'ingénieurs et de suivre un cursus en parallèle à l'Institut d'études politiques de Paris.

C'est quelqu'un sans nul doute de supérieurement intelligent, excellant dans les matières scientifiques plus que dans le domaine littéraire, capable d'un très haut degré de persuasion, mais peu doué pour exprimer ses sentiments. Il ne sait absolument pas dire qu'il aime ou qu'il n'aime pas. Il ne peut prononcer face à nous les mots « bon anniversaire » ou « joyeux Noël ». Tout au plus est-il capable depuis peu de les écrire sur l'écran de son téléphone pour les envoyer par texto à la personne concernée. C'est comme si avoir des sentiments et oser les montrer, c'était prendre le risque de trop se dévoiler et de devenir vulnérable. Pour survivre à mon grand-père, mon père a dû scinder son corps et son esprit, et il n'a pas guéri de cette blessure. Encore aujourd'hui, il y a ce qu'il m'a fait et ce qu'il pense qu'il m'a fait. Et les choses sont bien différentes selon le point de vue qu'on choisit. J'ai l'impression qu'il a occulté toutes ces années où, une ceinture à la main, il me faisait subir le pire. La scission est telle que, lorsque j'ai été placée, il s'est immédiatement entouré d'un avocat afin de me récupérer au plus vite. En réalité, il ne m'en voulait pas du tout d'avoir parlé et dénoncé ses actes. Pour lui, cette histoire était un quiproquo et il me l'a bien expliqué par la suite : adolescente un peu rebelle, je ne supportais plus les contraintes que lui et mon professeur de piano m'imposaient. J'étais à un âge où je voulais faire autre chose en sortant de l'école que du piano, comme par exemple voir des amis. Du coup, je me suis plainte auprès du médecin scolaire, et les services sociaux, trop heureux de se payer un directeur industriel, ont sauté sur l'occasion et m'ont placé sans réfléchir. Ensuite, alors que j'étais l'innocence même, ils m'ont mis dans la tête toutes ces histoires de coups de ceinture et de privations, jusqu'à ce que je me persuade que toutes ces violences avaient bien eu lieu et que je les répète consciencieusement au juge.

Voilà la version de mon père concernant notre histoire. Et le pire, c'est qu'il y croit fermement, tout à fait persuadé de n'avoir jamais levé la main sur moi. Tout au plus était-il lui aussi « sévère mais juste ».

5

Retour en France et nouvel espoir

À la fin de l'été de mes six ans, nous sommes rentrés en France et avons posé nos valises en Auvergne. Mon père venait d'obtenir le poste de directeur général d'une usine chimique qui à elle seule faisait vivre quasiment toute la région. Elle se situait à la sortie d'un petit village de trois mille âmes dans lequel nous nous sommes installés. Ce nouveau poste s'accompagnait d'avantages en nature tels qu'une voiture de fonction, un chauffeur et une maison. La famille de notables qui avait construit l'usine avait également créé toutes les infrastructures existantes. Ils possédaient à peu près tout dans le village. Ils avaient fait construire un stade et un gymnase qu'utilisaient les associations sportives locales, mais aussi les écoles et le collège du coin. Ils avaient bâti la piscine du village et le cinéma pour lesquels les employés de l'usine bénéficiaient de réductions considérables. Ils étaient également à l'origine de tout un quartier résidentiel composé essentiellement de belles maisons blanches avec jardin, toutes identiques les unes aux autres. Toutes sauf une. La maison du directeur. Immense bâtisse aux murs ocre surplombant le quartier pour affirmer sa position. Cette demeure était connue de tous. Là-bas, la hiérarchie se retrouvait jusque dans la disposition et l'apparence des habitations et personne ne trouvait à y redire.

Nous avons donc emménagé dans la plus grande maison du quartier, entourée d'un jardin et disposant d'un petit potager. Du portail, une longue allée gravillonnée menait jusqu'à la porte d'entrée.

Pendant que nos parents s'occupaient à déballer les cartons, Marie et moi jouions dans le jardin. Notre arrivée ne passait visiblement pas inaperçue car les curieux s'étaient passé le mot pour venir voir de leurs yeux à quoi pouvait ressembler le nouveau directeur et sa famille. Régulièrement au cours de la journée, les passants s'arrêtaient longuement devant notre portail puis, après quelques minutes, repartaient sans un mot. Au beau milieu de l'après-midi cependant, la sonnette retentit dans la maison. Un couple, avec un bouquet de fleurs, se tenait devant la porte. Nous avons ainsi fait la connaissance de Pierre et Annie, autres notables, venus présenter leurs vœux de bienvenue. Pierre, la quarantaine, était le médecin du village. Sa femme s'occupait de leurs trois enfants adolescents et faisait accessoirement office de secrétaire pour le cabinet médical.

Ils habitaient à côté de l'église, dans une maison rose. Cette dernière n'était séparée de la nôtre que par un bout de jardin et une petite route à traverser.

Ma mère, qui était un peu craintive à l'idée de ne pas se faire de nouvelles amies, a été ravie de faire la connaissance d'Annie. Mon père, toujours pragmatique, se dit qu'il venait de trouver notre nouveau médecin traitant.

Dans cette maison comme dans les autres, mon piano a eu droit à sa pièce particulière. Une nouvelle salle de jeu, un peu à l'écart des pièces à vivre, juste à côté de l'escalier menant au premier étage.

À peine étions-nous installés que mon père se mit en tête de me trouver rapidement un nouveau professeur. J'ai donc dû me remettre au plus vite à travailler après ce court intermède de répit lié au déménagement. J'avais un programme de trois morceaux qu'il fallait que je joue parfaitement. Il y avait la *Fantaisie-Impromptu* de Chopin, une sonate de Mozart et un impromptu de Schubert. Ils étaient destinés à être exécutés devant les trois professeurs de piano présélectionnés par mon père via l'annuaire ou en raison de leur réputation.

Un samedi après-midi, peu avant la rentrée des classes, nous sommes ainsi partis à la recherche de « l'élu ».

Le premier professeur chez qui nous nous sommes rendus était un jeune homme un peu fantasque qui nous a reçus en short et débardeur dans un appartement au fouillis innommable ! Après lui avoir joué mes morceaux, notre première impression s'est confirmée et nous nous sommes vite rendu compte tous les deux que son niveau en piano était bien moins élevé que le mien. Il était ébahi par ma dextérité et mon toucher. À l'époque, je n'avais que 7 ans.

Après avoir rayé le beatnik de la liste, nous sommes ensuite arrivés chez une femme à la quarantaine revêche qui m'a fait peur d'emblée tant son visage était dur et son regard froid. Elle semblait de plus complètement hystérique. Lorsque j'ai commencé à enchaîner mon programme, ses trois enfants en bas âge, présents dans la pièce, se sont mis à hurler et à taper du pied, comme pour m'accompagner. La cacophonie était totale. Mon père était exaspéré. Nous nous sommes donc rabattus sur le troisième et dernier professeur de la liste, M. Bertrand.

À peine arrivée devant chez lui, j'ai eu une impression positive : le devant de sa maison était couvert d'un tapis de roses et son paillasson était plein de fantaisie : multicolore avec écrit « bienvenue à vous » en italien. Lorsqu'il a ouvert sa porte, je me suis littéralement retrouvée devant un géant ! M. Bertrand était un homme d'environ 50 ans très imposant, cheveux gris et petite barbe blanche. Il faisait un peu ours mais avait l'air vraiment gentil. Avec sa voix grave mais douce et posée, rassurante, il m'a plu tout de suite.

Lorsque je me suis mise au piano, il a semblé très impressionné. Il n'y avait pas à tergiverser. Il me voulait absolument comme élève. Ce samedi-là, il m'a donc donné mon premier cours.

Je trouvais qu'il expliquait bien les choses. Il avait lui-même beaucoup de technique et un toucher très délicat, malgré des mains immenses.

J'ai eu l'espoir, l'espace d'un instant, qu'avec lui les choses se passeraient mieux et que mon calvaire allait prendre fin.

Pendant ce premier cours, sa femme vint se présenter. Physiquement, elle était tout son contraire : pas très grande et très fine. Elle était par ailleurs extrêmement dynamique, toujours souriante et paraissait elle aussi vraiment très gentille. Elle enseignait le solfège au conservatoire régional.

Nous avons appris qu'ils avaient deux enfants. Le plus grand, Jean-François, avait déjà quitté la maison pour intégrer un orchestre en tant que percussionniste.

L'autre, Cyril, était en première au lycée et vivait toujours à la maison. C'était lui aussi un musicien passionné et pianiste chevronné qui se destinait à une carrière de concertiste.

Tous étaient des amoureux de la musique, omniprésente chez eux. Il y avait deux pianos à queue au rez-de-chaussée, une batterie au premier étage, et de nombreuses bibliothèques avec un nombre incalculable de CD et de livres sur la musique. Même les Post-It étaient en forme de notes de musique. À n'importe quel moment de la journée, il y avait toujours quelqu'un dans cette maison qui écoutait ou jouait de la musique.

J'avais du mal à comprendre comment on pouvait tant aimer cela, moi qui m'ennuyais à longueur de temps derrière ce piano que je détestais tant il était synonyme de souffrance.

Comment pouvait-on aimer travailler sur cet instrument toute la journée sans y être obligé ? Tout cela me dépassait, même si j'enviais beaucoup l'harmonie qui semblait régner chez eux.

Pour moi, le piano était associé à une telle souffrance, étant donné la violence de mon père, que je ne le travaillais seulement parce que j'y étais contrainte et forcée. J'avais une excellente technique parce que je n'avais pas le choix. C'était une question de survie. Et j'avais un beau toucher pour les mêmes raisons. Quand je jouais, je faisais passer beaucoup d'émotion, mais moi je ne ressentais absolument rien. J'étais absente. Avec le temps, je suis arrivée à faire en sorte que mes doigts jouent seuls une partition, tels des automates, sans même que j'aie à réfléchir, pour laisser à mon esprit la possibilité de s'évader. Je pouvais enchaîner un morceau entier, sans faire aucune faute de nuances ou de doigté, ni avoir aucun trou de mémoire, sans jamais être présente une seule seconde dans la pièce. Je m'évadais dans des rêves éveillés et m'inventais une autre vie pour que le temps passe plus vite. Pour moi aussi la scission s'était faite.

Aujourd'hui, j'ai pris du recul sur ce passé douloureux. J'appréhende mon piano d'une manière différente. Nous nous sommes tous les deux progressivement apprivoisés. Cela a pris du temps. Plus de dix ans. J'ai réappris à aimer le son qui sortait de ses cordes, à me laisser envahir par l'émotion. Lui m'a laissé libre du temps que je souhaitais passer à ses côtés. J'ai découvert la magie qu'il peut procurer, et le bien-être qu'il apporte à ceux qui l'écoutent. C'est un puissant antidouleur. Il permet de panser ses blessures, le temps d'un morceau, en laissant l'esprit s'évader. J'ai progressivement pris plaisir à jouer pour les autres, et tout doucement pour moi.

Lorsque l'on a repris la route le soir de cette tournée des professeurs, le choix était fait. À partir de maintenant, pour tous les samedis après-midi à venir, mon nouveau professeur serait M. Bertrand. Cette décision m'enchantait. Mon espoir allait être de courte durée.

6

Premier concours et descente aux enfers

Début septembre, je fis ma rentrée des classes à l'école privée du village. Je n'avais pas à marcher loin : elle se trouvait juste en face de chez nous. Je me suis retrouvée pour la première fois dans une classe double, niveau CE2-CM1. Ma nouvelle institutrice était une ancienne bonne sœur assez âgée, à cheval sur les bonnes manières mais affable. Elle m'aimait bien car j'étais calme et bonne élève. Elle s'aperçut d'ailleurs rapidement que je m'ennuyais en classe et que, pendant que les autres élèves de CE2 apprenaient la soustraction, je regardais déjà les exercices de division des CM1. Avec elle, je me suis vite retrouvée à faire de la broderie, seule activité qu'elle avait trouvée pour m'occuper.

Dans cette classe je n'avais pas beaucoup d'amis. Mon statut de fille du directeur était, par nature, un frein à beaucoup de rencontres, et le fait de ne pas fréquenter la cantine également.

Le seul élève avec qui j'ai pu nouer des liens d'amitié était Frédéric, un petit blond de CM1. En début d'année, il paraissait s'ennuyer autant que moi car lui aussi avait rapidement été contraint à la broderie à ses heures perdues. Au bout de quelques mois, Mme Dunant, notre institutrice, a finalement pris le taureau par les cornes avec nous. Elle nous a installés côte à côte au premier rang et a décidé de nous initier au programme de CM2 à chaque fois que nous avions fini nos exercices avant les autres. Ce sentiment d'être un peu à part dans la classe nous a rapprochés et nous sommes devenus amis sur notre temps scolaire. En dehors de ce temps de répit, il n'y avait pas de place pour l'amitié. Il n'y avait que le piano.

À peine la cloche de midi avait-elle retenti que je retraversais la rue dans l'autre sens pour rentrer à la maison où mon père m'attendait de pied ferme. Je devais me dépêcher de déjeuner pour avoir le temps de faire le plus de piano possible avant la reprise des cours de l'après-midi (quand j'avais le droit de retourner à l'école).

À la fin de la journée, je devais également rentrer immédiatement afin de faire mes devoirs rapidement et me mettre au piano au plus vite. Difficile de nouer des liens forts avec ses camarades dans ces conditions.

Même si le nouveau poste de mon père impliquait de plus grandes responsabilités, il avait quand même décidé de rentrer déjeuner à la maison chaque midi, et faisait en sorte d'être là pour dix-neuf heures le soir, afin de pouvoir travailler le piano avec moi le plus souvent possible.

À la maison, nous ne l'entendions jamais prononcer le moindre mot sur son travail. Tout juste disait-il qu'il était « dessinateur de papillons » et n'en démordait pas. Je ne comprenais pas et ne comprends toujours pas ce que ça signifiait : même son humour était pince-sans-rire. Impossible de connaître le nom de ses collègues ou amis de l'usine, impossible de savoir si cela lui plaisait. Il était juste « dessinateur de papillons » et point.

Une fois rentré à la maison, l'homme qu'était mon père, et que nous ne connaissions finalement pas, disparaissait pour céder la place au maître de musique qui me terrorisait.

C'était d'ailleurs étrange de croiser dans la rue des gens qui travaillaient avec lui. Ils interpellaient parfois ma mère en lui disant : « Votre mari est charmant », « Qu'est-ce qu'il est gentil ! Et souriant en plus ! », « Il a beaucoup d'humour ». C'était à se demander si tous parlaient bien du même homme. D'ailleurs, sans doute pas. Il devait bien y avoir deux êtres différents qui habitaient mon père.

Après notre première rencontre avec M. Bertrand, les cours du samedi après-midi se sont mis en place. Il commença très vite à avoir des rêves de grandeur pour moi. Deux mois à peine après que j'ai fait sa connaissance, il m'inscrivit à un premier concours de piano national. J'avais alors 7 ans et demi, bientôt 8. Le concours devait avoir lieu le jour de mon anniversaire. Un cadeau empoisonné.

Mon père semblait ravi de cette nouvelle. Mais la pression qu'elle créa chez lui fut trop forte. Il devint invivable. Je devais être la meilleure. Je devais être parfaite pour le jour J et gagner. Quitte à payer le prix fort.

Les semaines ont alors commencé à se suivre et à se ressembler, toutes aussi difficiles les unes que les autres. Mon père mettait un point d'honneur à ce que chaque samedi, à l'occasion de mon cours avec M. Bertrand, ce dernier soit satisfait de ma progression. Son exigence allait crescendo. Plus l'on se rapprochait du concours et plus les journées passées au piano devenaient dures à supporter. Il pesait sur mes épaules une pression de plus en plus forte. J'étais terrorisée à l'idée même que samedi allait arriver et avec lui une sentence inexorable.

M. Bertrand n'était pas au courant de ce qui se passait chez nous. Il ne prenait donc pas de gants pour me faire des remarques et ne se gênait pas pour me dire qu'il était parfois mécontent de mon travail. La pression montait également pour lui. Sa réputation était en jeu. Je ne devais pas le décevoir.

Ces cours se déroulaient toujours de la même façon. Nous partions de la maison, mon père et moi, peu après le déjeuner dans un silence de mort pour un trajet en voiture de quarante-cinq minutes sur les routes sinueuses d'Auvergne. Dès notre arrivée, mon père et lui prenaient un petit café en parlant de la pluie et du beau temps. Nous descendions ensuite dans la salle de cours. Dans cette salle, les fenêtres donnaient sur un jardin fleuri. Deux pianos se faisaient face, entourés d'innombrables partitions qui s'amoncelaient dans les moindres recoins. Il y avait un piano droit qui servait peu et un piano Yamaha noir demi-queue. C'est toujours sur ce dernier que je travaillais. M. Bertrand s'asseyait sur une chaise à ma droite, pour avoir l'œil sur le clavier. Mon père avait sa place attitrée à côté de la chaîne HI-FI, un peu en retrait. Je pouvais néanmoins voir son visage en permanence et surveiller ses gestes dans le reflet du piano. Une fois installée, j'enchaînais les morceaux que j'avais travaillés dans la semaine et qui constituaient le programme du concours. Avec la partition au début, puis, très vite, par cœur. M. Bertrand mettait au crayon de papier des annotations sur la partition. Jouer par cœur m'angoissait. J'avais peur de m'arrêter en plein milieu d'un morceau et d'avoir oublié la suite. J'essayais de me concentrer sur ce que je faisais, mais M. Bertrand me déstabilisait. Plus j'entendais le bruit de son crayon sur les pages de ma partition, plus j'anticipais les ennuis. À peine la dernière note posée sur le clavier, je me retournais, inquiète, et regardais mon père. Je scrutais son expression et la noirceur de son regard. Un seul coup d'œil me suffisait pour savoir ce qui m'attendrait à la maison. Il ne pouvait tolérer l'imperfection.

Une fois le cours terminé, il fallait repartir. La mort dans l'âme. Le week-end commençait alors véritablement. Le plus souvent très mal pour moi. L'expédition punitive débutait dès la sortie de chez mon professeur par un passage chez le coiffeur, pour me faire « raser » la tête. C'était pour moi une immense humiliation. Je savais que je serais sujette aux moqueries à l'école. Ce passage chez le coiffeur, parfois plusieurs fois par mois, était pour moi une grande souffrance morale : aujourd'hui encore, je ne peux me résoudre à y mettre les pieds et m'occupe de mes longs cheveux moi-même. J'ai bien essayé au début de m'accrocher au siège de la voiture, garée devant le salon de coiffure. Mais j'étais encore trop jeune pour faire le poids et me rebeller. Il me fallait m'y résoudre, en attendant le jour où je pourrais peut-être m'enfuir.

Un samedi, un mois avant le concours, M. Bertrand a revu ses exigences à la hausse. Il y avait d'après lui encore beaucoup trop de travail avant le jour J, et ses remarques se sont enchaînées inlassablement ce jour-là, les unes après les autres. Lorsque nous sommes sortis de chez lui, mon père n'a pas eu une parole ou même un regard pour moi. Nous sommes remontés dans la voiture et il a démarré en trombe. Quand la voiture a été garée devant chez le coiffeur, je me suis une fois de plus accrochée au siège de toutes mes forces. Je pleurais tandis que mon père me tirait par la taille. Un passant intrigué a fait mine de s'approcher de nous. Mon père m'a immédiatement lâchée et m'a dit dans un souffle : « Tu vas voir. » J'étais morte d'angoisse.

Le trajet du retour se fit dans un silence morbide. Je priais pour qu'on percute un arbre.

Lorsque nous sommes arrivés à la maison, je me suis dépêchée de sortir en premier de la voiture pour monter au rez-de-chaussée. Ma mère et Marie se tenaient, fébriles, devant la porte du salon. J'ai juste eu le temps de leur dire que le cours s'était mal passé et je me suis enfermée dans la salle de jeu. J'attendais mon père. Je ne voulais pas que maman et ma sœur me voient humiliée. Cela en aurait rajouté à ma douleur. À l'abri des regards, dans la salle de jeu, j'étais plus sereine. Mon père m'a rejointe à peine quelques minutes après. Il m'a attrapée par les cheveux et m'a emmenée au premier étage. Direction la salle de bains. Je ne m'attendais pas du tout à cela. Je pensais recevoir des coups de ceinture et ce changement de programme m'a déboussolée. Dans la salle de bains, il m'a fait asseoir sur une chaise tandis qu'il cherchait des ciseaux. J'allais payer mon affront. Ma mère est arrivée à ce moment-là et a tenté de le dissuader. Malgré ses supplications, rien n'y a fait. Il l'a mise dehors et a commencé son œuvre. Une fois mes cheveux dans l'évier, nous sommes redescendus dans la salle de jeu. Mon père a repris la partition de la sonate op. 53 de Beethoven, griffonnée par M. Bertrand, et a compté les annotations. J'étais prévenue. J'aurais droit à un coup de ceinture par remarque. Arrivé au nombre trente-deux, il s'est levé et a enlevé sa ceinture. Sans prononcer un mot, il m'a fait signe de venir me mettre devant le bureau. Le reste était automatique. J'ai baissé mon pantalon et mes dessous. J'ai posé les mains sur le bureau et me suis penchée en avant. Il allait frapper. À ma grande honte, Marie et ma mère sont entrées dans la pièce à ce moment-là. J'étais en débardeur. Rien d'assez long pour dissimuler mon humiliation. Je me suis précipitée sous le bureau pour me cacher. Sans même un regard pour elle, mon père a attrapé fermement ma mère par le bras pour la faire sortir de la pièce. Marie la suivait. Il a ensuite fermé la porte à clé pour être tranquille et a repris là où il en était resté. Ma peau était à vif, mais je réprimais mes larmes et ne criais pas. On ne pouvait entendre que le bruit du claquement de la ceinture sur mes chairs. Je me concentrais pour laisser mon esprit s'évader. Je ne sentis bientôt plus rien. J'étais ailleurs. Je ne comptais même plus.

Après qu'il a terminé, je me suis rhabillée en silence, et nous avons recommencé à travailler.

Le jour du concours, mon père fut d'une grande gentillesse à mon égard. Il était très doux. Il me rassurait.

« Ne t'inquiète pas, ça va bien se passer. Essaye de bien te concentrer et de faire abstraction de la salle.

— Oui, mais si j'ai un trou de mémoire ? lui disais-je, inquiète.

— Si tu es bien concentrée, tu n'en auras pas. Tu connais tes morceaux, tu les as suffisamment répétés. Tu ne te tromperas pas. »

Le concours commença alors et je pris peur. Tous les candidats avaient visiblement le double de mon âge. En les écoutant jouer, j'étais persuadée que je n'avais aucune chance.

Quand vint mon tour, je me suis levée et me suis avancée dans ma petite robe rouge à fleurs jusqu'au piano. Le tabouret était beaucoup trop bas pour moi. Péniblement, j'ai entrepris de le monter seule. Dans la salle, dans le silence alors total, ont commencé à se faire entendre des murmures. Tandis que je m'acharnais toujours à rehausser un peu mon siège, une dame appartenant au jury s'est levée et s'est approchée de moi.

« Bonjour, Comment t'appelles-tu ?

— Céline.

— Quel âge as-tu ?

— 8 ans aujourd'hui.

— Es-tu sûre que tu ne t'es pas trompée de catégorie ?

— Oui, je joue les mêmes morceaux que les autres avant moi. »

Un peu surprise, elle m'a cependant aidée à ajuster mon tabouret et est repartie s'asseoir.

J'ai pris quelques minutes pour me concentrer et me suis mise à jouer.

À peine la dernière note posée sur le clavier, les gens se sont levés et ont applaudi. J'entendais les bravos. Ils n'en revenaient pas. J'avoue qu'à ce moment-là, j'ai souri. J'étais heureuse de cet accueil. Je me suis retournée vers mon père et M. Bertrand. Mon père avait le sourire. Son regard était pétillant. Il semblait très fier. Je ne l'avais jamais vu comme cela. M. Bertrand lui, a levé le pouce en l'air, signe de satisfaction et de plaisir.

Comme j'étais la dernière à passer, il n'y a pas eu longtemps à attendre avant les résultats.

Le jury a commencé à annoncer les places en partant de la fin. Et puis…

« Premier prix, Céline Raphaël. »

Ma mère a crié bravo, comme un cri du cœur. Mon père m'a embrassée. Moi non plus je n'en revenais pas. C'était la première fois que je jouais devant tant de gens, que l'on m'applaudissait autant, et que je gagnais quelque chose.

Je suis montée sur scène récupérer mon diplôme. À ce moment-là, la dame qui m'avait aidée à remonter mon tabouret s'est approchée de moi avec un stylo, pour ajouter à mon premier prix les félicitations du jury.

Avec cette première place, je venais de gagner le droit de donner un concert à Hambourg quinze jours plus tard, de visiter une usine de pianos Steinway dans la foulée, et de participer à une dégustation de vin. Je pense que les organisateurs du concours n'avaient pas vraiment prévu un lauréat de 8 ans…

En fin d'après-midi, avant de rentrer à la maison, mon père nous a proposé d'aller dîner au restaurant. Après une soirée agréable, nous avons pris le chemin du retour dans une ambiance détendue. J'étais heureuse, car ce soir je serais dispensée de piano. J'aurais le droit d'aller me coucher tôt et de lire. Lire me permettait de m'évader et d'être l'héroïne d'aventures extraordinaires. À mon âge, j'avais déjà lu tous les ouvrages de la comtesse de Ségur et d'Agatha Christie, quelques Victor Hugo, la quasi-totalité de la bibliothèque verte et quelques policiers. Souvent, quand mon père n'était pas là pour travailler avec moi, je posais un livre devant ma partition et je la travaillais mains séparées. L'une qui jouait, l'autre qui me tournait les pages ! Le soir, quand j'avais le droit d'aller me coucher, je lisais aussi, sous la couette avec une lampe de poche, ou dans la salle de bains, en prenant garde à ne pas faire de bruit.

Ce soir, je n'avais pas à me cacher. Demain, sans répit, les choses sérieuses allaient recommencer : il fallait maintenant préparer le concert de Hambourg.

Quinze jours plus tard, nous avons repris le chemin de l'Allemagne. Le concert s'est bien passé. J'étais si fière de voir cette salle remplie de gens venus uniquement pour moi ! J'étais grisée par tant d'applaudissements et d'admiration. J'aurais aimé prolonger cet instant.

Le reste de la soirée et la dégustation de vin furent en revanche beaucoup plus ennuyeux.

7

Double vie

Les jours s'écoulaient et se ressemblaient tous. Progressivement, je m'éteignais. Le seul jour de la semaine où je retrouvais un peu de joie était le lundi. C'était le jour de ma délivrance. Tous les autres me rapprochaient du week-end et me terrorisaient. Je vivais dans une crainte permanente. Je craignais de rentrer le soir à la maison après l'école et que la soirée se passe mal. Je craignais encore plus de rentrer le vendredi de peur de mourir seule durant le week-end. Mon esprit ne me laissait pas une seconde de répit. Il comptait les secondes en permanence, focalisé sur le premier jour de la semaine. Chaque seconde de passée était une seconde de sauvée. Il anticipait les coups pour que je souffre moins. Il parait aux humiliations pour que je garde un peu de dignité. J'étais fatiguée de lutter et je commençais à me résigner.

Mes parents avaient bien vu que je m'ennuyais à l'école privée car le niveau était médiocre. Du coup, à la rentrée suivante, je fus inscrite à l'école publique. Là aussi, en raison du manque d'élèves, nous étions dans des classes à plusieurs niveaux. J'arrivais donc en CM1 dans la classe CM1-CM2 de M. Loiseau.

C'était un homme à la carrure imposante, rugbyman à ses heures, qui devait avoir la quarantaine. Il avait les cheveux légèrement frisés et châtains, et de petites lunettes qui lui donnaient un air assez strict. Il faisait partie de ces instituteurs à la fois redoutés et respectés, mais dévoués pour leurs élèves, appliquant les méthodes d'un autre âge. Un seul regard de sa part suffisait à calmer les ardeurs de certains. Les élèves, même les plus turbulents, se tenaient à carreau. Moi, je l'aimais beaucoup, et c'était réciproque. En sa présence, je me sentais en sécurité. Il était rassurant. Parfois, dans mes rêves, j'imaginais qu'il venait me défendre contre mon père et me sauvait la vie.

Il nous faisait travailler dur mais nous progressions bien. J'étais assise au premier rang, à côté de mon amie Charlène. Nous nous battions en toute loyauté pour la première place sur le tableau d'honneur et nous essayions toutes deux d'avoir le plus de bons points possible ! M. Loiseau était célèbre dans toute l'école pour sa « dictée à baffes ». Charlène et moi la redoutions. Lors de cette épreuve pour les nerfs, M. Loiseau dictait un texte à la classe, en passant dans les rangs. S'il voyait une faute sur une copie, il tirait les petits cheveux près des oreilles du malheureux élève. Nous écrivions tous complètement penchés sur notre copie pour en cacher le maximum, en espérant faire le moins de fautes possible. À la fin de la dictée, M. Loiseau ramassait les feuilles, puis appelait les élèves à son bureau, les uns à la suite des autres. Il reprenait chaque copie et donnait une baffe à l'élève, à chaque grosse faute. Heureusement, Charlène et moi n'en faisions jamais ! Si tel avait était le cas, je ne suis pas sûre qu'il aurait appliqué les mêmes règles pour moi. À la maison, mon père ne se gênait pas pour me donner des coups, mais en dehors, il inspirait tant de crainte que j'étais intouchable.

Malgré cette sévérité, M. Loiseau nous mettait tous en valeur et nous poussait vers le haut. On se sentait exister. Je rêvais de lui dire ce que j'avais sur le cœur mais je ne pouvais m'y résoudre. J'essayais de lui envoyer quelques signaux. J'étais toujours la dernière sortie de la classe. Je traînais le plus possible à la fin des cours, le matin et le soir, pour retarder l'heure du retour à la maison. J'avais souvent mal au ventre et je me décomposais quand seize heures trente arrivait, le vendredi. Mais il ne comprenait pas, et je restais seule avec mon secret.

Si je ne trouvais aucun soutien chez M. Loiseau, j'étais également condamnée au silence avec Pierre, notre médecin. J'étais rarement malade. Il me voyait donc peu, mais Annie, sa femme, était souvent chez nous. Elle venait prendre le café pendant des heures l'après-midi. Elle savait très bien que je passais ma vie au piano. Ma mère s'en plaignait tout le temps. Elle ne se doutait peut-être pas que je recevais des coups mais elle savait que j'étais souvent punie. Elle avait pourtant choisi son camp.

L'après-midi, quand je n'étais pas à l'école parce que je devais travailler mon piano, je m'octroyais un petit goûter vers seize heures. Je la retrouvais, bien installée à la table de la cuisine, en train de discuter avec ma mère. Elle me disait souvent : « Et ne traîne pas trop ! Va travailler parce que sinon, tu sais que ton père sera énervé et que cela fera de la peine à ta mère. » Ou bien encore : « Si tu fais exprès de sortir de la salle de jeu pour énerver ta mère, bravo, c'est réussi ! » Je la détestais. Elle essayait de monter ma mère et seule alliée contre moi.

L'après-midi, quand j'étais privée d'école, ou le mercredi, les consignes étaient claires. Mon père les annonçait devant ma mère et moi, avant de repartir au travail :

« Céline ne sort pas de la salle de jeu. Elle travaille son piano.

— Bien, chéri, répondait ma mère, ne t'inquiète pas. J'y veillerai.

— Ce soir, quand je rentre, tes morceaux doivent avoir progressé sinon gare à toi. »

Je retournais, penaude, dans la salle de jeu et commençais à jouer. D'une oreille, je guettais la progression de mon père vers sa voiture. J'écoutais la porte de la cave s'ouvrir, le bruit de ses savates quand il descendait l'escalier pour changer de chaussures au sous-sol, la porte du garage qui se refermait et le bruit de ses pas sur le gravier. Quand j'entendais le portail s'ouvrir, j'arrêtais de jouer. Je me dirigeais vers la fenêtre afin de m'assurer qu'il montait bien dans sa voiture. J'attendais qu'il démarre. Je retenais ma respiration et restais figée quelques minutes devant la fenêtre pour vérifier qu'il ne revenait pas ensuite, en catimini. Il lui était déjà arrivé de faire mine de partir, d'aller se garer quelques mètres plus loin et de se rapprocher doucement de la maison pour voir s'il entendait toujours le piano.

Après quelques minutes, je pouvais souffler. Je sortais enfin de la salle de jeu pour aller rejoindre ma mère dans le salon. Nous regardions la télévision toutes les deux pendant que Marie était à l'école puis, vers dix-sept heures, je retournais travailler un minimum.

Le mercredi après-midi, Marie allait chez des amies. Mon meilleur ami, Benjamin, venait parfois secrètement me rendre visite. Il ne savait rien de ma situation si ce n'est que mon père était un forçat du piano. Il savait aussi que je détestais cela. Il connaissait la combine pour venir à la maison. Avant de sonner, il se cachait sur le parking public qui ne se trouvait pas loin de chez nous. Celui-ci offrait une vue dégagée sur la voiture de mon père, garée devant notre portail. Il devait attendre que la voiture démarre et s'éloigne avant de venir frapper à la porte.

Chez moi, nous jouions à des jeux de société, ou nous regardions des films d'horreur. Benjamin, sous ses airs de petit blondinet timide, en était un très grand fan. Il m'y avait initié, ce qui avait donné lieu chez moi à quelques cauchemars supplémentaires ! Nous avions également entrepris d'écrire des remakes humoristiques de certaines séries dont on se moquait comme *les Feux de l'amour* ou *Dallas*. Benjamin et moi étions deux grands comiques lorsque nous étions ensemble. Nous passions beaucoup de temps à rire de nos blagues. Avec lui, j'étais vraiment heureuse. Je redevenais normale et j'oubliais tous les problèmes.

Nous sortions parfois faire un petit tour. Ma mère, toujours complice, décrochait alors le téléphone de la maison. Si par hasard mon père appelait, il ne pourrait pas savoir que j'étais absente. Il passait en moyenne un ou deux coups de fil dans l'après-midi pour vérifier que j'étais toujours derrière mon piano. Ces après-midi-là étaient de vraies bouffées d'oxygène pour moi. J'étais comme tous les autres enfants de mon âge. Je m'amusais de bon cœur, même si je gardais dans un coin de ma tête que cela m'était interdit en théorie.

Le temps que j'ai passé aux côtés de mon meilleur ami durant toutes ces années est précieux. C'est grâce à lui que j'ai pu résister. Il m'a permis de ne pas perdre mon âme.

Mais un jour, j'ai un peu trop relâché ma garde. J'étais partie faire du roller avec Benjamin et, au moment de traverser la route, c'est la voiture de mon père qui s'est arrêtée pour nous laisser passer… Autant dire que si j'avais été âgée, j'aurais fait un arrêt cardiaque immédiat tant la montée d'adrénaline a été brutale. Mon sang n'a fait qu'un tour et je me suis glacée d'effroi.

Il ramenait des clients de l'usine à leur hôtel. Il a baissé sa vitre et m'a regardée avec un regard noir. Sans prononcer un mot, il a redémarré.

Lorsqu'il est rentré vers dix-neuf heures, il était furieux et a hurlé après ma mère. Je n'ai pas eu le droit de manger. Nous nous sommes mis au piano directement. Ce soir-là, chaque faute a été prétexte à un coup. Coup de poing, coup de savate, coup de ceinture. J'ai payé mon affront.

8

Rituels

J'avais beaucoup de mal à me concentrer lorsque je devais travailler seule mon piano. Je m'ennuyais vite et j'avais besoin de faire autre chose. Comme ma mère n'y connaissait rien, j'enclenchais assez régulièrement le CD du morceau que j'avais à travailler et poussais le bouton du volume au maximum. Je bloquais ensuite la porte de la salle de jeu avec un tabouret et m'installais pour lire. De temps en temps, j'arrêtais le CD, je posais le livre par-dessus la partition et je recommençais un peu à travailler mains séparées certains passages qui me posaient problème. D'autres fois, pendant que je faisais tourner le CD, je faisais un peu d'exercice, comme de la corde à sauter ou de l'élastique, toujours ni vue ni connue.

Sur quatre ou cinq heures passées au piano ces après-midi où j'étais seule, je n'en faisais guère qu'une à peu près sérieusement. De toute façon, que je travaille pendant des heures ou seulement quelques minutes, mon père n'était jamais satisfait, et les coups pleuvaient.

Vers dix-neuf heures vingt, tous les soirs, je commençais à guetter l'arrivée de mon père depuis la fenêtre de la salle de jeu. Je l'entendais s'approcher au bruit particulier que faisait sa voiture en freinant devant la maison. Dès le portail ouvert, j'écoutais la progression de la voiture sur le gravier, la porte du garage qui s'ouvrait puis se refermait, et je retenais mon souffle. C'est à ce moment-là que mes TOC se mettaient en marche : je prenais une balle de ping-pong ou n'importe quel autre objet qui me tombait sous la main et je me fabriquais chaque soir un nouveau rituel magique.

Faire rebondir dix fois la balle par terre avant que mon père n'atteigne le portail pour le refermer. Faire passer la balle de ma main gauche à ma main droite vingt fois sans la faire tomber et ce, avant que mon père n'ait touché la porte du garage… Si je réussissais ce défi, la soirée se passerait bien.

Arrêter de respirer entre le moment où mon père fermait le portail et celui où il rentrait dans le garage, rester en équilibre sur un pied, et je pourrai aller me coucher tôt. Ou bien j'aurai le droit de manger.

Je m'astreignais à ces différents rituels, persuadée qu'ils allaient m'aider. Je ne me sentais pas protégée par les adultes qui m'entouraient. Mon seul salut viendrait de la magie. Bien sûr, aucun de ces rituels n'a jamais marché. Pourtant, je les ai accomplis pendant toute mon enfance.

Je scrutais de plus en plus fébrilement la progression de mon père dans la maison. Il enlevait ses chaussures dans la cave, mettait ses savates puis montait l'escalier. Il posait ensuite sa mallette au rez-de-chaussée. Ma mère et ma sœur venaient l'embrasser. Moi aussi parfois, s'il n'était pas parti fâché en début d'après-midi. Sinon, je restais figée dans la salle de jeu et je priais pour que mon rituel fonctionne.

Il montait au premier étage se mettre en pyjama avant de venir s'installer à la table de la cuisine pour le dîner. Selon son humeur, il décidait si j'avais le droit de venir manger avec eux ou non. Repas avalé en cinq minutes montre en main, nous nous installions ensuite tous les deux devant le piano pour travailler jusqu'à tard dans la nuit. La soirée était parsemée de coups et de mes pleurs silencieux. Pour chaque faute de notes, chaque faute de nuances ou de doigté, la sentence était la même : se lever, baisser son pantalon, poser les mains sur le bureau, se pencher en avant en fermant les yeux. Et partir loin.

Ces coups de ceinture étaient son rituel magique.

9

Week-ends en enfer

L'entrée en sixième fut un passage délicat, même si tous mes amis de CM2, y compris Benjamin, se retrouvaient dans la même classe que moi. J'avais un an d'avance. J'étais la plus jeune et j'arrivais avec mon étiquette « fille du directeur ». Dès le premier jour les élèves de cinquième, quatrième et troisième me sont tombés dessus.

J'avais le droit à des insultes quotidiennes, dans les rangs, à la cantine ou dans les couloirs. On me lançait des projectiles. Une fois, un élève de cinquième s'est approché de moi et m'a donné un coup de poing dans la mâchoire, sans aucune raison apparente. J'ai appris plus tard que son père avait des ennuis à l'usine.

Tout cela ne me facilitait pas la vie, mais les désagréments que je rencontrais à l'école étaient bien moindres que l'enfer de la maison.

Au début du mois de janvier, M. Bertrand annonça à mon père qu'il souhaitait m'inscrire à un concours international de piano qui aurait lieu en août en Allemagne. C'était un concours très réputé dans le monde entier et qui pouvait ouvrir de nombreuses portes au gagnant. Outre de l'argent, le vainqueur était invité à donner deux concerts avec un orchestre philharmonique à Berlin et à Munich. C'était un concours décisif dans une carrière.

Les présélections pour ce concours se faisaient sur une cassette audio que l'on devait envoyer en Allemagne. Le jury choisissait ensuite quarante-six candidats du monde entier.

Pour cette première étape, j'ai dû préparer trois morceaux : l'étude *révolutionnaire* en *ut* mineur op. 10 n° 12 de Chopin, la valse *Minute* en *ré* bémol majeur op. 64 n° 1 de Chopin et la *Toccata* de Poulenc. Quelques semaines après l'envoi de mes enregistrements, le verdict est tombé : j'étais la seule Française sélectionnée parmi les quarante-six finalistes. Principalement des Chinois, des Japonais, des Coréens et des Russes.

À partir de ce moment-là, tout comme cela avait déjà été le cas pour le premier concours, la pression que mon père s'est mise sur les épaules est devenue trop forte. La vie est redevenue infernale à la maison. J'ai beaucoup raté l'école. J'avais le droit d'aller en cours quand il y avait maths ou physique. Mon père considérait les autres matières comme inutiles. Je ne suis quasiment jamais allée en gym car pour mon père cette activité n'était qu'amusement. Je ne pouvais pas non plus aller aux séances de piscine sous peine de dévoiler aux autres mes hématomes. À la place de tous ces cours, je travaillais mon concours à la maison.

Ces absences répétées m'ont attiré les foudres de mon professeur d'EPS, M. Evan. Plutôt que de s'interroger, il enrageait. Un matin, alors qu'il me croisait dans la cour, il s'est avancé vers moi et m'a dit d'un air méprisant :

« Dis donc toi, tu crois que, sous prétexte que tu es la fille du directeur, tu peux te permettre de ne pas venir à mes cours ? »

Si ce professeur n'avait pas eu de rancœur vis-à-vis de la profession de mon père, il lui aurait suffi de me poser quelques questions pour voir que quelque chose n'allait pas. Il aurait pu me venir en aide. Il n'a rien fait. Comme tous les autres.

Les week-ends étaient pour moi synonymes d'angoisse. Elle se majorait au fur et à mesure que le concours approchait car mon père était de plus en plus nerveux.

Serai-je encore là lundi matin ? Y aura-t-il quelqu'un pour s'apercevoir que je ne suis pas en classe comme prévu ? Est-ce que les pompiers viendront me chercher si je ne suis pas au collège lundi ? Toutes ces questions me hantaient dès que l'horloge de la classe se rapprochait de la sonnerie de seize heures trente, les vendredis. Je serais livrée à mon père pendant quarante-huit heures, sans aucune échappatoire possible. J'avais peur de mourir.

Comme avec M. Loiseau, j'essayais d'envoyer des signaux à mes professeurs. Je rangeais mes affaires le plus lentement possible. Je traînais, posais des questions sur le cours, en reposais une autre. J'aurais tellement voulu que l'un d'eux me pose une petite question. Juste une question qui n'engage à rien : « Ça va Céline ? Tu n'as pas l'air ravie de rentrer chez toi… »

Toutes ces années, j'ai espéré entendre cette phrase qui n'est jamais venue.

Au collège, il y avait, dans une autre classe de sixième, une fille que les professeurs aimaient beaucoup.

Elle s'appelait Sabrina. Elle était très connue dans tout l'établissement car elle avait eu une enfance très triste. Son père était alcoolique et sa mère, atteinte d'une grave maladie, était en fauteuil roulant. Elle avait quatre sœurs. Toutes les cinq avaient subi l'inceste, jusqu'à ce que la petite dernière en parle à sa mère. Celle-ci avait alors immédiatement porté plainte et demandé le divorce. Le père de Sabrina était maintenant derrière les barreaux, non sans avoir essayé de tuer sa femme d'un coup de fusil avant d'être arrêté par la police.

Nos professeurs avaient beaucoup de compassion pour elle et essayaient de l'entourer au mieux. J'avais appris son histoire par Benjamin dès la rentrée. Je me sentais honteuse. Comment pouvais-je me plaindre de ma vie ? En comparaison, ce que je vivais à la maison s'apparentait plus à une promenade de santé. J'étais persuadée que si je me confiais à un professeur, il me rirait au nez en me disant : « Tu vois, Sabrina, elle a de bonnes raisons de se plaindre. Mais toi ? Ton père gagne bien sa vie, tu vis dans une belle maison, tu as une famille, alors estime-toi heureuse. Tu devrais avoir honte. »

J'ai donc gardé le silence.

Le vendredi soir, avant que mon père rentre, ma mère et moi mettions de l'ordre dans la maison. Elle s'occupait de cacher tous les ciseaux. Moi, je dissimulais quelques vêtements et sous-vêtements de rechange dans l'armoire de Marie car il ne fouillait jamais sa chambre. Je sortais également de ma chambre les CD, livres et autres bijoux que mon père pourrait trouver et casser. Je vérifiais que j'avais bien ma lampe de poche dans mon oreiller, puis je mettais dans ma chaussette un billet de cinquante francs et deux barrettes à cheveux. En cas de problème, le billet me permettrait de fuir et d'avoir de quoi payer un transport ou à manger. Les barrettes me permettaient d'ouvrir les portes lorsque j'étais enfermée. Cette idée m'était venue en regardant la série *MacGyver* à la télévision. Petite, il était mon héros, et j'essayais de retenir tous ses conseils de survie. Je l'avais vu ouvrir une porte avec des trombones lors d'un épisode. Comme il m'arrivait fréquemment d'être enfermée, je m'étais entraînée, et cela avait marché. J'avais ainsi pu, grâce à lui, m'octroyer quelques heures de liberté un après-midi où mes parents et Marie étaient sortis sans moi, après que mon père m'avait faite prisonnière dans ma chambre. Le fait d'avoir un peu d'argent sur soi en cas d'urgence venait aussi de ce héros télévisuel.

J'étais maintenant parée. Mon père pouvait arriver.

Outre les coups de ceinture, mon père me frappait avec ses pantoufles, dont le dessous était dur. Il frappait sur mes épaules, mes bras ou mes cuisses lorsque j'étais assise au piano et que je faisais des fautes. Les week-ends étaient devenus, au fil du temps et des enjeux, propices à tout un tas d'autres punitions. Je n'avais pas le droit de sortir de la salle de jeu. Interdiction également d'aller aux toilettes s'il trouvait que je ne travaillais pas assez bien.

« T'as qu'à chier par terre », disait-il.

Quand il était énervé, je n'avais pas non plus le droit de venir manger à midi ou le soir. Ou alors juste du pain et de l'eau.

« Comme les prisonniers. »

À l'approche du concours, je me retrouvais régulièrement enfermée dans la cave ou dans ma chambre. Au sous-sol, il y avait une petite pièce où l'on entreposait les conserves. Elle était jonchée de cailloux et la lumière ne pouvait s'allumer que de l'extérieur. C'est là que je passais de nombreuses heures dans le noir et dans le froid. J'étais terrorisée. Je m'asseyais dans un coin, dos contre le mur, et je me recroquevillais en me bouchant les oreilles pour ne pas entendre de bruits angoissants. Dans ces moments-là, je faisais ce que j'avais appris à faire le mieux. Je m'évadais. En me concentrant sur un début d'histoire dans laquelle j'étais l'héroïne, j'arrivais progressivement à quitter le monde réel. Le temps passait ainsi plus vite, sans douleur, sans angoisse.

Je préférais quand même être prisonnière de ma chambre car le confort était meilleur et j'avais moins peur. Avant d'en refermer la porte à clé, mon père prenait soin de tirer les volets – avec interdiction formelle de les ouvrir –, d'enlever l'ampoule pour que je n'aie pas de lumière, de me confisquer livres, CD et autres objets de distraction que j'aurais pu oublier de cacher le vendredi soir. Il ouvrait également mon armoire et prenait tous les vêtements qui s'y trouvaient, sous-vêtements compris. Il les mettait dans un grand sac-poubelle noir et je ne les revoyais pas pendant des semaines entières. Le seul uniforme de détenue auquel j'avais droit était un vieux jogging vert trop petit pour moi. Obligée d'aller à l'école dans cette tenue, j'étais à nouveau sujet de moquerie. Quelle humiliation ! « La fille du directeur ne sait même pas s'habiller ! », « la fille du directeur est une clocharde ! », « Ha ! Ha ! Ton pantalon est trop petit, on voit tes chevilles, t'es même pas capable de t'acheter un truc à ta taille, t'es trop grosse ! », « Hou ! Regardez comme elle est moche la fille du directeur ! »

Mes camarades jubilaient. Eux, si jaloux de la profession de mon père, s'imaginaient que je vivais comme une princesse. Ils se sentaient pousser des ailes et me montraient leur supériorité avec leurs vêtements de marque à leur taille.

Lorsque j'étais enfermée, je glissais des petits mots sous la porte que Marie venait régulièrement récolter. Elle les transmettait ensuite à ma mère. « Dis à maman de venir », ou : « Dis à maman de m'apporter un peu de pain », ou encore : « Peux-tu m'amener des bonbons ? » J'avais beaucoup de mal à gérer l'enfermement. Je faisais des crises d'angoisse violentes tant je me sentais seule et perdue. Aujourd'hui encore, j'ai des difficultés avec la contrainte de temps et d'espace à laquelle nous devons tous nous soumettre. Assister à des réunions interminables a été quelque chose de très dur à gérer pour moi, au début de ma vie professionnelle.

Ces petits mots étaient mon seul moyen de communication et me rassuraient. Ils étaient mon seul lien avec l'extérieur. Je ne pense pas que ma sœur sache à quel point ses quelques gestes ont été salutaires pour moi. Ce n'était pas son rôle de petite fille de penser à venir récupérer régulièrement des petits papiers sous une porte, laissés par sa sœur enfermée. Néanmoins, elle s'y est toujours pliée. En faisant cela, elle m'évitait de sombrer dans la folie.

Lorsque j'étais privée de repas, ma mère et Marie avaient également pris l'habitude de monter discrètement un peu de nourriture et de la cacher dans mon armoire à vêtements. Une part de pizza, un peu de pain ou des biscuits qu'elles dissimulaient sous leur pull dans une serviette et qu'elles déposaient sous une pile de vêtements. Une fois autorisée à aller me coucher quand la nuit était tombée, je n'avais qu'à fouiller pour trouver un peu de réconfort.

Dès le début des vacances d'été, j'ai commencé à passer toutes mes journées devant le piano. Mon père avait pris de longs congés. C'était l'horreur. Nous commencions à travailler vers huit heures trente pour ne finir que vers vingt-trois heures dans le meilleur des cas, une heure ou deux heures du matin sinon.

Un samedi matin, deux semaines avant le concours, mon père se leva particulièrement énervé, sans raison particulière. Après un petit déjeuner avalé en quelques minutes, nous nous sommes mis au travail. J'ai commencé à jouer la *Toccata* de Poulenc du mieux que je pouvais pour ne pas rajouter à son énervement. Tout d'un coup, en plein milieu du morceau, sans un mot, il s'est levé et il est parti. J'ai eu une grosse montée d'adrénaline. Les mains moites. La panique m'envahissait. Il venait de s'en aller sans rien dire, ce qui était inhabituel et l'inhabituel me terrifiait. Qu'allait-il m'arriver ?

Quelques secondes plus tard, il est revenu avec une grande feuille de papier blanc et m'a demandé d'une voix douce de dessiner une pyramide avec des lignes horizontales à l'intérieur. Les lignes devaient donc se réduire progressivement jusqu'à devenir un point unique, sommet de la pyramide. Il m'a également demandé de manière très étrange de donner à cette pyramide le titre suivant : « Barème de la moutarde qui me monte au nez. » Je ne comprenais pas du tout où il voulait en venir. J'étais complètement déstabilisée mais, dans l'expectative, je me suis tout de même exécutée. Après tout, réaliser ce dessin me permettait de ne pas faire de piano pendant quelques minutes. C'était toujours cela de pris.

Le dessin terminé, il est parti chercher une épingle à nourrice. J'ai dû coller dessus un petit drapeau en papier. Une fois mon œuvre achevée, il l'a scotchée au mur et s'est réinstallé sur son tabouret à côté du piano, en m'invitant d'un geste de la main à faire de même. J'ai recommencé à jouer.

À la première faute, il a détaché le drapeau et l'a fait monter d'une ligne. À chaque erreur, le drapeau se rapprochait du sommet de la pyramide. Mon père, cynique, venait d'inventer une variante au « trois fautes égalent un coup de ceinture ». Le drapeau arrivé en haut, le rituel reprenait ses droits. Presque rassurant. Je n'avais plus qu'à me lever, poser mes mains sur le bureau, baisser mon pantalon et penser à autre chose.

Pendant cette journée difficile, outre les coups de ceinture, j'eus droit à de nombreux coups de poing ou de pied pour des fautes que je n'avais parfois même pas remarquées. Mon père n'avait jamais joué de piano mais, pour mon plus grand malheur, il avait une ouïe acérée. Il avait fait beaucoup d'accordéon dans son enfance et écoutait énormément de musique classique. Il avait appris le piano en devenant mon professeur et mon tortionnaire. Ses coups étaient d'une telle violence que j'en tombais à chaque fois de mon tabouret.

Je n'avais pas eu le droit de déjeuner ni celui de dîner. Vers minuit, mon père décida qu'il était temps d'arrêter et m'autorisa à aller manger. Dans la cuisine, il y avait encore mon assiette posée sur la table. Ma mère me l'avait laissée au cas où. Et à côté de l'assiette, un yaourt, un peu de salade dans un ramequin, un verre d'eau et du pain. Elle avait également laissé un peu d'omelette dans la poêle. Je me suis assise à ma place et, alors que je pensais pouvoir manger sereinement, mon père s'est approché et m'a dit en me regardant droit dans les yeux : « Ce que tu joues c'est de la bouillie, on n'entend même pas les notes. Tu mangeras donc de la bouillie. »

Avant même que j'aie eu le temps de réagir, il a pris l'omelette froide dans la poêle, l'a mise dans mon assiette, y a émietté le pain, versé le verre d'eau, le yaourt et la salade. Il a alors mélangé le tout. Un mélange infâme. On aurait dit du vomi.

« Tu ne sortiras de table que lorsque tu auras tout fini. Tout. Y compris la sauce. »

J'avais les larmes aux yeux et des haut-le-cœur. Je crois que j'aurais préféré un coup de ceinture à ça.

« Même le chien est mieux traité que moi, lui ai-je lancé entre deux sanglots.

— Tu es pire qu'un chien. »

Cette phrase était un coup de poignard en plein cœur, mais je n'avais pas le temps de m'appesantir. Il fallait que je trouve un moyen de ne pas manger cette mixture… J'ai commencé par la salade. C'était la seule qui ressemblait encore un peu à ce qu'elle avait été au départ. Je la ramenais avec précaution sur les bords de l'assiette en appuyant dessus avec ma fourchette pour l'essorer. Lentement, je la portais à ma bouche en fermant les yeux, feuille après feuille. Il était toujours là. Il me surveillait. Je m'attaquais ensuite au pain. Même cirque. Et puis, à un moment, ma chance s'est présentée car il est allé aux toilettes. En deux temps trois mouvements, j'ai attrapé le mélange avec mes mains et l'ai essoré en le comprimant le plus fortement possible avec mes doigts. J'ai ensuite rempli mes poches de cette immondice au maximum, en priant pour que cela ne fasse pas d'auréole trop visible.

Quand il est revenu, j'ai dû finir de manger ce que je n'avais pas pu cacher faute de temps. Le calvaire terminé, j'ai eu l'autorisation d'aller me coucher. Enfin.

L'épreuve du samedi traversée dans la douleur, il me restait encore à affronter le dimanche, taillé sur le même mode. À une différence près.

Le dimanche, nous faisions tous les quatre une randonnée de trois ou quatre heures l'après-midi. Ma planche de salut. Mon père est un amoureux de la nature. Lui qui semble n'être intéressé par rien à part le piano, qui ne lit jamais, ne fait pas de sport, ne parle pas… est un passionné de jardin et de marche. Son seul rêve dans la vie est d'avoir un potager pour sa retraite et d'y passer ses journées à planter, labourer, bêcher…

Pour moi, ces promenades étaient une délivrance. Je les savourais pleinement même si elles étaient épuisantes car menées au pas de course. Je n'avais que 10 ans. Marie en avait 8. On devait marcher vite et ne pas s'arrêter. Pourtant, même si j'avais parfois du mal à mettre un pied devant l'autre, ce moment était pour moi un véritable soulagement. Tant que nous étions sur des sentiers de randonnée, je n'étais pas devant mon piano. D'ailleurs, si au passage nous avions pu nous perdre, si j'avais pu être frappée par la foudre lors d'un orage, si j'avais pu me tordre la cheville ou me faire piquer par un serpent…

Pour Marie, en revanche, ce moment relevait du supplice et générait de sérieux conflits entre nous. Les séquelles de sa prématurité et de l'hémiplégie gauche dont elle avait été victime se manifestaient par une raideur au niveau de sa jambe gauche avec un tendon d'Achille trop petit. Elle ne posait pas son talon par terre et marchait sur la pointe du pied gauche. La marche prolongée était pour elle très douloureuse car elle attrapait rapidement une tendinite. Son mollet lui faisait alors très mal, un peu comme une crampe qui ne cède pas, et elle peinait beaucoup à avancer. Pour rajouter à sa souffrance, mon père, qui ne tolérait pas l'imperfection, s'acharnait à faire en sorte qu'elle marche correctement. Pour lui, ce n'était qu'une question de volonté. Lors de ces randonnées où je trouvais enfin la paix, il se focalisait sur Marie. Il se mettait derrière elle, bâton de marche à la main, et lui donnait un coup sur les fesses à chaque fois qu'elle oubliait de poser son talon au sol. Il lui martelait ainsi pendant des heures « talon, pointe », inlassablement. Tout comme je haïssais le piano, ma sœur avait ces randonnées en horreur et faisait tout ce qui était en son pouvoir pour y échapper. Elle refusait de mettre ses baskets, rechignait à enfiler son manteau, pleurait et râlait. Elle énervait de plus en plus mon père, et j'avais envie de lui taper dessus, de la faire taire. J'avais peur qu'il ne dise que, puisque c'était comme ça, on restait à la maison. J'étais terriblement en colère contre elle. Ma mère le sentait et prenait ma défense : « Écoute, Marie, arrête ton cinéma, mets tes chaussures et on y va. » J'avais l'impression que ma sœur ne réalisait pas à quel point cette sortie était vitale pour moi. Je l'accusais de n'être qu'une égoïste. Je ne réalisais pas que c'était pour elle un gros sacrifice.

Elle finissait toujours par chausser ses baskets et par avancer car elle savait ce qui m'en coûterait sinon. Marie n'était pas battue par mon père, mais elle vivait dans la crainte permanente qu'il ne m'arrive quelque chose. Elle aussi guettait les bruits. Dès que le piano s'arrêtait de jouer, elle et ma mère coupaient le son de la télévision pour essayer d'entendre ce qui se passait. Est-ce que je pleurais ? Est-ce que mon père était en train de me frapper ?

Le soir, elle ne dormait pas. D'une part, le son du piano l'en empêchait et, d'autre part, elle guettait encore. J'étais jalouse d'elle et de sa liberté, mais au fond de moi, je savais qu'elle souffrait aussi. Elle souffrait de vivre dans cette ambiance de terreur permanente et elle souffrait pour moi.

10

Premier concours international

Deux jours avant l'ouverture du concours, nous avons fait nos bagages et pris la route en direction de l'est. M. Bertrand avait trouvé un petit hôtel en Alsace, pas très loin de la frontière avec l'Allemagne. De là, nous n'étions pas à plus de trente minutes en voiture d'Ettlingen. Les bagages posés, nous sommes allés visiter les lieux du concours et récupérer mon accréditation.

Pour ce concours, les organisateurs mettaient à disposition des candidats des salles de travail au sein du conservatoire de musique de la ville. Dès le lendemain, nous avions donc un piano pour travailler les finitions. C'était impressionnant de voir les autres candidats, en majorité venus d'Europe de l'Est, de Chine ou du Japon, et de les écouter jouer. Le niveau était visiblement extrêmement élevé. Dans l'après-midi, quand M. Bertrand et mon père m'ont accordé une pause, je me suis baladée dans les couloirs du conservatoire. Arrivée devant une porte entrouverte, je me suis approchée. Un pianiste japonais était en train de répéter. Il devait avoir une vingtaine d'années. J'étais fascinée par sa dextérité et la qualité de son toucher. Il jouait des morceaux compliqués et notamment la *Waldesrauschen* de Liszt.

Lorsqu'il s'est retourné vers moi, j'ai vu qu'il était aveugle. J'étais sous le choc. Comment était-ce possible de jouer aussi magistralement sans voir ?

Le jour J, mon père était étonnamment détendu et gentil. Comme lors de mon premier concours, il a tenté de me rassurer au maximum et nous avons répété tranquillement mes morceaux, sans tension ni dispute. J'avais un trac immense. Je trouvais les candidats bien meilleurs que moi et je me demandais si j'étais bien à ma place ici. J'étais à nouveau la plus jeune avec un autre garçon russe qui passait son temps à jouer aux petites voitures.

Après avoir pris quelques minutes pour m'encourager, mon père est parti s'installer avec le reste du public. La salle du concours était une somptueuse salle de réception du château de la ville. Le piano, un Steinway à queue noir était monté sur une petite scène. Le jury se trouvait caché derrière le public. Les candidats avaient vingt-cinq minutes et pas une de plus pour dérouler leur programme. Des coulisses, j'entendais parfois une petite cloche qui résonnait, agitée par le président du jury. Le piano s'arrêtait alors brutalement au milieu d'un morceau, signe que le temps imparti avait été dépassé. Le jury était sans pitié pour nous.

Quand est venu mon tour, j'avais les mains terriblement froides. J'ai pris quelques secondes pour les réchauffer entre mes jambes, puis je me suis lancée dans mon programme : l'étude op. 10 n° 12, le nocturne op. 9 n° 3 et l'impromptu op. 66 de Chopin, la sonate op. 14 n° 2 de Beethoven et la *Toccata* de Poulenc.

J'ai été beaucoup applaudie. J'avais bien joué. Aucune faute, aucun trou de mémoire. C'était une bonne prestation. Je suis revenue m'asseoir dans la salle au côté de ma mère et j'ai écouté les autres. Mon père semblait content de moi. M. Bertrand aussi.

Le candidat qui passait après moi était un petit Chinois d'à peine deux ans de plus que moi. En arrivant sur scène, il était comme chez lui. Il a fait une révérence au public comme un vrai professionnel, ce qui a fait rire l'assemblée, puis s'est assis sur le tabouret. Sans même prendre le temps de le régler à sa hauteur, il a entamé une tonitruante tarentelle de Liszt qui a laissé tout le monde bouche bée. Son programme, d'une difficulté majeure, se termina par une rhapsodie hongroise dans une véritable ovation. Telle une machine, il s'est levé, a salué de nouveau le public puis s'est rassis pour un bis ! Nouveaux rires de l'assemblée et retentissement de la cloche.

Il s'appelle Lang Lang. C'est aujourd'hui un concertiste génial et l'un des plus grands pianistes de sa génération.

Une fois tous les candidats passés, je ne me faisais plus beaucoup d'illusions sur une possible honorable place dans le classement. J'avais au moins eu quelques jours de répit et mon père s'était comporté gentiment avec moi. J'avais eu un vrai père l'espace de quelques instants.

Nous avons profité de la longue délibération du jury pour visiter un peu la ville en famille, aller au restaurant et manger une glace. À l'annonce du verdict, j'avais peur. Peur d'être déçue de moi, ou peur de décevoir mon père. Je ne sais pas. Peut-être un peu des deux.

Le jury a commencé par donner le cinquième prix. C'était le petit Russe de 11 ans qui passait son temps à jouer aux voitures et que j'avais croisé plusieurs fois dans les couloirs du conservatoire avec sa mère.

Le quatrième prix fut attribué à un Chinois de 15 ans que je n'avais pas entendu jouer.

J'étais déçue. J'aurais pu espérer une quatrième ou une cinquième place, pas plus. C'en était donc fini.

Je ne voulais même pas écouter la suite. Je cherchais le regard de mon père pour mesurer sa déception. Tout d'un coup, il m'a prise dans ses bras et m'a embrassée. Tout le monde s'est tourné vers moi. Les gens m'applaudissaient. Je ne réalisais pas que le jury venait d'annoncer mon nom pour le troisième prix. Ma mère pleurait de joie et M. Bertrand a eu l'air vraiment heureux. C'est la première fois que j'ai senti tant de fierté dans le regard de mon père. Peut-être la seule fois d'ailleurs.

Le premier prix et le prix du public furent attribués sans grande surprise et dans une euphorie générale à Lang Lang. C'était amplement mérité. J'étais heureuse pour lui, d'autant plus que sa mère et son professeur avaient discuté un peu avec ma mère dans l'après-midi, par l'intermédiaire de traducteurs. Pour que leur fils puisse venir faire ce concours en Europe, ses parents avaient tout vendu : leur maison, leurs meubles, absolument tout. Si Lang Lang ne gagnait pas ce concours, ils n'avaient plus rien. Pas même de quoi rentrer en Chine.

Pour être le meilleur, ce garçon de 12 ans travaillait comme un forçat, douze heures par jour, dans une petite pièce exiguë du conservatoire de Pékin, avec son père en permanence à ses côtés. Il avait pour son fils des rêves de grandeur et de gloire. Les mêmes que ceux qu'il avait eus pour lui-même des années auparavant.

Des rêves alors rendus impossibles par la révolution culturelle en Chine. Lang Lang deviendrait une star internationale du piano. Il n'avait pas le choix. C'était la seule manière de pouvoir sortir du pays et d'être libre.

Outre l'argent reçu en récompense de ce premier prix, Lang Lang gagnait le droit de donner un concert avec l'orchestre d'Ettlingen ainsi que deux récitals en Allemagne. Sa carrière était lancée.

J'étais heureuse de mon prix mais heureuse aussi de ne pas avoir gagné. Je ne voulais pas démarrer une carrière de pianiste. Je voulais aller à l'école, être médecin et faire de la recherche dans le domaine du cancer. Peut-être avais-je été marquée quelques mois auparavant par une image. Celle d'un couple dont le mari, ingénieur, travaillait avec mon père à l'usine. Les médecins venaient de lui découvrir un cancer du poumon métastatique. Il n'y avait aucun espoir. Mes parents, qui ne mesuraient pas la gravité de son état, les avaient invités à dîner à la maison, lui et sa femme. Je le reverrais toute ma vie, s'avançant péniblement vers la porte d'entrée, ce soir-là, soutenu par sa femme, amaigri, presque décharné. Ses yeux étaient terriblement tristes. Il est mort quelques jours plus tard.

Je crois que c'est en croisant son regard que je me suis choisi un avenir différent de celui que mon père avait pour moi.

11

La boîte à musique

Le concours d'Ettlingen et ma troisième place obtenue étaient loin de m'avoir été bénéfiques. Bien au contraire. Je pense que mon père avait vraiment mesuré à ce moment-là l'ampleur de mon potentiel et ce qu'il pouvait en faire. L'objectif d'une carrière internationale était maintenant clairement établi. Je travaillais de plus en plus, si tant est que cela soit encore possible. Les soirées au piano avec mon père se prolongeaient tard dans la nuit, entrecoupées de coups et de supplications. Il jetait l'éponge vers une heure du matin et montait se coucher.

« Toi, tu restes là et tu travailles. Si je n'entends plus le piano, tu auras à faire à moi. »

Malgré mon épuisement, j'essayais de jouer encore. Quand vraiment mes forces m'abandonnaient, je commençais à travailler mains séparées pour soutenir ma tête avec ma main libre. Progressivement, je jouais de moins en moins fort, puis je faisais de petites pauses pour voir si cela entraînerait des bruits au premier étage. Si le silence perdurait, je cessais finalement de jouer. Mon père devait s'être endormi. Je m'allongeais alors comme je pouvais sur le petit canapé qui se trouvait dans la salle de jeu et j'essayais de dormir quelques heures.

Depuis Ettlingen, ces nuits interminables étaient de plus en plus fréquentes. Alors que je rentrais en cinquième, je n'avais désormais plus aucun répit.

Dans ma nouvelle classe, mon professeur principal était M. Guesquin. C'était notre professeur d'anglais, mais il avait cette année pour mission de nous initier au cinéma. Il était un peu excentrique mais extrêmement gentil. C'était un ami de la famille de Benjamin, et comme nous étions toujours ensemble, il m'aimait bien aussi.

Après nous avoir appris les règles de l'art en matière de création de scénarios, de production et de montage de films, il proposa à la classe de réaliser trois courts métrages qui seraient présentés ensuite devant les parents, lors d'une soirée au cinéma du village mais également au festival du court métrage de Villeurbanne. Nous devions plancher par groupe de cinq sur des histoires. Les trois meilleures seraient choisies et adaptées à l'écran.

Je ne sais pas si c'est par favoritisme ou si notre scénario était vraiment bon, mais en tout cas, Benjamin, Charlène, Gabriel, Olivier et moi fûmes choisis pour le premier court métrage.

Notre scénario (en grande partie l'œuvre de Benjamin) racontait l'histoire d'une jeune fille bossue, façon Quasimodo, maltraitée par ses parents, des paysans bourrus vivant reclus dans les bois. Elle vivait prisonnière dans une cave et n'en sortait que rarement pour faire le ménage de la maisonnette dans laquelle vivait la famille, ou pour mendier devant l'église le dimanche matin après la messe. Le reste du temps, elle ne voyait la lumière du jour que lorsqu'on lui ouvrait la porte pour lui jeter un bout de pain. Un soir, sa marâtre oublia de fermer la porte de sa prison. La jeune fille hésita puis sortit de la cave. Elle assassina ses parents pendant leur sommeil à l'aide d'un couteau de cuisine et s'enfuit aussitôt après, nu-pieds dans la neige.

Lors de la répartition des rôles, Benjamin et Charlène jouèrent les parents et moi… la fille.

Je n'avais pas mentionné ces cours de cinéma en début d'année à mes parents. À la place, j'avais ajouté sur mon emploi du temps différentes heures d'anglais et de mathématiques. J'avais ainsi pu assister sans trop de difficulté au tournage du court métrage, malgré quelques absences tout de même lorsque les cours avaient lieu l'après-midi.

Ce furent de bons moments. Nous nous amusions beaucoup malgré les conditions climatiques. Le tournage avait lieu dans le village, mais aussi en pleine forêt sous une neige épaisse et des températures négatives. Nous étions en plein mois de décembre ! Nous avons ensuite entamé le montage du film au collège. M. Guesquin avait mis à notre disposition la salle vidéo qui recelait tout le matériel nécessaire. Le résultat final pour les débutants que nous étions était honorable. Je ne pouvais m'empêcher de penser que ce film était une métaphore de ce que je vivais à la maison et que Benjamin ne l'avait pas écrit pour rien. Il savait que je faisais beaucoup de piano et que je n'aimais pas cela. Peut-être voulait-il me faire comprendre à travers son scénario qu'il avait compris bien plus de choses que je ne le pensais sur mon histoire. Il ne pouvait rien dire pour me protéger, même s'il l'avait voulu. Son père travaillait à l'usine. Il devait avoir peur des conséquences d'une telle dénonciation. Peut-être que ce film était pour lui un moyen d'éveiller les soupçons des spectateurs afin que ma vie puisse enfin changer.

Le soir de la projection, presque tous les parents d'élèves étaient là, sauf mon père que ce genre de chose intéressait peu. À en croire l'applaudimètre, notre travail avait plu. Benjamin, qui rêvait à cette époque de faire des études de cinéma et qui avait fait le plus gros du travail, était particulièrement fier.

Le lendemain, je me suis sentie fiévreuse en me levant. Je n'ai rien dit à ma mère, de peur qu'elle ne m'oblige à rester à la maison, et je suis partie pour le collège.

Dans l'après-midi, la fièvre est beaucoup montée. J'avais de grosses courbatures. C'était visiblement la grippe. Je ne tenais plus debout, si bien que le collège a appelé ma mère pour qu'elle vienne me chercher. J'avais 40,4 ° de température. Je me sentais franchement mal mais une petite partie de moi était tout de même heureuse car j'avais au moins une bonne raison pour ne pas faire de piano ce soir. Je me suis allongée sur le canapé avec un sac de couchage pour me faire un peu chouchouter par ma mère.

Quand j'ai entendu la voiture de mon père en début de soirée, j'ai eu une petite montée d'angoisse. Qu'allait-il dire en me trouvant avachie sur le canapé ? En plus, je n'avais pas du tout travaillé mon piano.

Au moment où il posait sa mallette dans le couloir il m'a aperçue dans le salon et a semblé d'un seul coup exaspéré.

« Que fais-tu dans le salon à cette heure-ci ?

— Oh, chéri, dit ma mère, la pauvre a attrapé la grippe. Elle a pas mal de fièvre.

— Et alors, ça empêche de jouer au piano, la fièvre ? Non ? Alors en avant, tu te lèves et on va travailler. »

Je me suis retrouvée ainsi devant le piano, percluse de courbatures, luttant pour aligner les notes sous son regard intransigeant.

Au matin, après une très courte nuit, ma fièvre était un peu retombée. J'étais encore très fatiguée, mais peu importait. Il fallait retourner travailler.

Durant la matinée, j'ai vraiment essayé de jouer au mieux, mais je n'arrivais pas à me concentrer. Mes doigts n'avançaient pas. J'alternais frissons et bouffées de chaleur. Je sentais bien que mon père s'énervait. Les menaces commençaient à tomber. Les coups de ceinture aussi. Brusquement, il s'est levé et s'est précipité au premier étage, dans ma chambre. J'ai entendu du bruit, alors je l'ai suivi. Il venait de vider mon armoire à vêtements. Tout était par terre. En fouillant, il a trouvé deux CD qu'il a immédiatement jetés par la fenêtre, puis il s'est approché de ma boîte à musique. C'était une petite boîte bleue, rectangulaire. Un cadeau de Marie, auquel je tenais beaucoup. À l'intérieur, un clown trônait sur un vélo, sous un décor de chapiteau. Lorsque l'on ouvrait le petit tiroir à bijoux, la musique se mettait en route et le clown se mettait en mouvement. J'entends encore la mélodie qui s'en échappait.

Il l'a prise dans ses mains et l'a jetée par terre. Elle a fait un bruit terrible. Comme un cri. Le bois s'est fendu et le clown s'est cassé. Ma boîte à musique était morte. Un peu comme moi.

Quelques années plus tard, pour conjurer le sort, Marie m'a de nouveau offert la même. Je la garde toujours aujourd'hui bien précieusement, tel un trésor.

Quand il est ressorti de la chambre, mon père s'est arrêté à ma hauteur, m'a regardé dans les yeux et m'a dit : « Je t'aurai. T'en crèveras, mais je t'aurai. »

Aller me coucher le soir venu a été une délivrance. Cette journée avait été très rude pour moi. Je n'arrivais pas à me consoler de l'épisode du matin. La douleur morale que je ressentais en voyant ce clown désarticulé était bien pire que toutes les douleurs physiques que je connaissais.

Alors que j'étais au lit depuis moins d'une heure, j'ai entendu la porte du salon s'ouvrir doucement et le bruit des savates de mon père sur le carrelage du couloir. Je me suis mise à retenir ma respiration. Allait-il revenir me chercher pour que l'on retourne travailler ?

Je l'ai entendu s'arrêter juste avant l'escalier. Puis plus rien, jusqu'à ce que l'une des marches en bois de l'escalier ne craque sous son pas. Mon père avait enlevé ses savates au pied de l'escalier et était en train de monter. J'étais toujours en apnée, et la panique m'envahissait. La porte de ma chambre a grincé, et il est entré, sans un mot. J'étais allongée en chien de fusil, face à la porte. Immobile. Il a fait le tour du lit et s'est glissé dans les draps. Il s'est alors collé contre moi et m'a emprisonné de ses bras. Je sentais son souffle chaud dans mon cou. Ce contact physique étroit me mettait profondément mal à l'aise. J'étais incapable d'émettre le moindre son, de faire le moindre geste. Lui semblait apaisé. Sa respiration était calme. Après les coups reçus dans la journée, je ne comprenais pas cette tendresse que je trouvais suspecte et inappropriée.

Impossible de savoir combien de temps il est resté comme ça. Sans parler. Sans bouger. J'ai eu l'impression que cela durait des heures. Et puis, aussi silencieusement qu'il était venu, il s'est relevé et il est parti. Il n'y avait eu aucune violence mais je l'avais ressenti comme une atteinte irréversible à l'intégrité de mon corps. Je m'en sentais dépossédée et j'avais l'impression de ne plus m'appartenir.

Depuis cette nuit-là, je ne me suis plus jamais endormie sereinement. Je n'ai plus jamais tourné le dos à la porte. Quand j'allais me coucher, je la fixais jusqu'à l'épuisement pour être sûre qu'elle ne s'ouvre pas. Je n'ai jamais plus dormi autrement qu'emmitouflée sous un drap, plusieurs couvertures et au moins une couette. Je me créais ainsi une sorte de cocon qui me donnait une impression de sécurité. J'ai appris chaque nuit à être aux aguets. Je respirais par à-coups pour ne pas manquer le moindre bruit. J'étais capable de reconnaître distinctement le son émis par chaque marche de l'escalier. J'arrivais même à entendre le craquement de ses genoux. Moi qui étais déjà sur le qui-vive le jour, je l'étais maintenant également chaque nuit.

Ce nouveau traumatisme avait engendré un autre rituel magique pour échapper à cette intrusion dans ce qui restait de mon univers d'enfant. Je me disais que si je ne respirais pas entre le moment où il posait son pied sur la première marche de l'escalier et celui où il arrivait au premier étage, il ne viendrait pas dans ma chambre.

Tout comme les autres, ce rituel ne marchait pas. Il venait de temps en temps, surtout lorsque la journée s'était mal passée. Il s'allongeait un moment contre moi, sans un mot, puis repartait. Était-ce sa manière de me demander pardon pour sa violence ? Était-ce le seul moyen qu'il avait d'exprimer des regrets ?

Je n'ai jamais su quoi en penser. Tout ce que je sais, c'est que j'en ai été largement traumatisée et que j'en garde encore aujourd'hui de lourdes séquelles morales. J'étais une petite fille très pudique. Me pencher en avant sur le bureau après avoir baissé mon pantalon et mes dessous pour recevoir des coups de ceinture était déjà une humiliation suprême et une honte terrible.

Mais cette tendresse déplacée, que je ressentais comme une agression, me faisait haïr ma féminité naissante.

12

Steinway & Sons

Quinze jours après ma rentrée en quatrième, un samedi après-midi à la fin de mon cours de piano, M. Bertrand proposa à mon père de m'inscrire au concours Steinway & Sons de Paris, dans la catégorie « Excellence ». C'était là encore un concours apparemment réputé, avec des pianistes de très bon niveau venant pour la plupart du Conservatoire national supérieur de musique de Paris. Il devait se dérouler au mois de juin.

Le programme imposé du concours comprenait l'étude op. 25 n° 12 de Chopin, le final de la *Waldstein* de Beethoven, ainsi qu'une étude-tableau de Rachmaninov. M. Bertrand avait déjà travaillé ces morceaux, il me prêta donc sa partition pour que je puisse recopier les doigtés et les nuances qu'il avait rajoutés lui-même.

J'étais dépitée. Encore un concours. Encore une grosse pression à gérer.

Aussitôt sorti de chez M. Bertrand, mon père alla acheter les CD de ces morceaux, interprétés par les meilleurs pianistes, ainsi que leurs partitions.

En fin de soirée, j'avais annoté toutes les partitions avec les doigtés indiqués par M. Bertrand et retranscrit toutes les nuances. Nous venions d'entrer dans la phase préparatoire du concours.

Un vendredi soir, peu avant la date fatidique, je me suis coupé le bout de l'annulaire de la main gauche. Nous étions en train de dîner et j'ai dérapé avec mon couteau en voulant couper du pain. Mon doigt saignait beaucoup et me faisait assez mal. Après l'avoir désinfecté, ma mère m'a mis un pansement en espérant que cela suffise. Au fond de moi, malgré la douleur, je ne pouvais nier une petite pointe de satisfaction. Je me disais que peut-être le pansement ne suffirait pas et que jouer me serait impossible. Je pourrais ainsi aller me coucher plus tôt.

C'était encore une fois mal connaître mon père. Après le repas, nous sommes retournés travailler. La pression de mes doigts contre les touches était très douloureuse et, très vite, ma petite blessure s'est réouverte. Plus je jouais et plus les touches se teintaient de rouge. Mon père ne réagit pas, jusqu'au moment où il me demanda sèchement d'aller changer de pansement. Ce soir-là, je fis plusieurs allers-retours dans la salle de bains sans tirer aucun bénéfice de cette blessure involontaire. Bien au contraire.

Le lendemain, la journée démarra plutôt mal car mon père n'avait pas digéré ma blessure de la veille. J'avalais donc rapidement mon petit déjeuner et on se remit à travailler. À midi, jugeant que je n'avais pas suffisamment progressé pendant la matinée, je n'eus pas le droit de venir déjeuner. Je continuais donc à travailler seule. Les minutes passaient et j'étais de plus en plus intriguée. D'habitude, mon père avalait son repas rapidement puis revenait travailler avec moi. Finalement, vers quatorze heures, la porte de la salle de jeu s'est brusquement entrouverte. Mon père avait ses baskets aux pieds et sa veste :

« Maman, Marie et moi allons nous promener. Toi, tu travailles. Si quand je rentre tu n'as pas progressé, ça va chauffer. »

Sur le coup, je fus soulagée. S'ils partaient comme prévu, j'allais avoir quelques heures de tranquillité et j'allais pouvoir me reposer un peu. Je tirais déjà des plans sur la comète, m'imaginant me sustenter dans la cuisine avant de regarder un peu la télévision, confortablement assise sur le canapé du salon. Mais avant de partir, mon père posa un cure-dent en équilibre sur la poignée de la porte. Il avait adopté cette technique récemment, après s'être rendu compte que j'arrivais à ouvrir les portes avec des barrettes. Avec sa nouvelle invention, le cure-dent tombait quand j'abaissais la poignée. Impossible ensuite de le remettre en place. J'étais piégée.

Quelques minutes plus tard, la porte d'entrée claqua. Ils partaient enfin. Je me suis levée de mon tabouret et me suis cachée derrière le rideau pour les regarder s'éloigner. Je suis restée figée dans cette position pendant peut-être quinze minutes. Je voulais être sûre qu'ils ne revenaient pas en douce. Puis je me suis enfin détendue. Puisque je ne pouvais pas sortir, j'ai pris un livre et me suis installée sur le petit canapé de la salle de jeu qui me servait parfois de lit. Alors que j'étais plongée dans *Oliver Twist*, j'ai entendu notre chien, Haydn, aboyer. C'était un berger allemand que j'aimais beaucoup et que nous avions depuis notre retour en France. Il était extrêmement beau et particulièrement gentil. J'avais l'impression que c'était la seule personne de mon entourage qui me comprenait. Quand il me voyait pleurer, il s'approchait de moi, penchait sa tête sur le côté en émettant un petit gémissement et me laissait l'enlacer. Un jour, alors que mon père levait la main sur moi dans la cuisine, il s'était jeté sur lui pour l'en empêcher. Le pauvre chien avait ensuite pris une rouste monumentale. Je le voyais depuis comme un héros !

Cet aboiement qui me sortait de ma lecture était étrange et prolongé. C'était un cri de détresse. Je me suis levée brusquement et suis allée voir à la fenêtre ce qu'il se passait. En sautant contre le grillage qui délimitait le jardin, il avait coincé son collier à pointes et était en train de s'étrangler. Je n'ai pas réfléchi un seul instant et me suis précipitée dehors pour aller le sortir de là. Au moment où j'ai ouvert la porte de la salle de jeu, j'ai vu le cure-dent à terre et mon sang s'est glacé. J'ai eu un instant d'hésitation mais me suis vite ressaisie pour aller sauver le chien. Après avoir décoincé Haydn, il m'a fallu réfléchir rapidement à un moyen astucieux pour remettre le cure-dent sur la poignée, tout en m'enfermant à nouveau dans la salle de jeu. J'ai jeté le tabouret de mon père par la fenêtre qui se situait à peu près à mi-étage ainsi qu'une corde à sauter. Je suis sortie de la pièce et j'ai remis le cure-dent en équilibre sur la porte. Je suis ensuite sortie de la maison par le garage. Arrivée devant la fenêtre de la salle de jeu, j'ai ficelé un pied du tabouret à un bout de la corde et attaché l'autre bout à ma cheville. J'ai collé le tabouret contre le mur, je suis montée dessus et me suis hissée sur la fenêtre. Une fois assise sur le rebord en position stable, j'ai pu remonter le tabouret attaché à la corde.

Cinq minutes plus tard, mon père revenait de sa promenade. Je l'avais échappé belle.

Le jour du concours arriva, et je pris pour la première fois de ma vie l'avion en direction de Paris. À cette époque, il n'y avait pas encore de contrôle drastique et j'eus la chance de pouvoir effectuer l'aller dans le cockpit, avec les pilotes. J'étais ravie. Ils m'expliquaient toutes leurs manœuvres. C'était pour moi une grande aventure !

Une fois arrivés dans la capitale, nous avons rejoint le lieu des épreuves en taxi. Nous avions des pianos à disposition pour répéter un peu et nous chauffer les mains avant notre passage.

Le jury était composé en grande partie de professeurs du Conservatoire national supérieur de musique (CNSM) dont la célèbre pianiste Brigitte Engerer ainsi que d'autres pianistes internationaux. À la différence d'Ettlingen, on ne pouvait pas entendre les prestations des autres candidats car les auditions se faisaient à huis clos. Tout ce que je savais, c'est que j'étais la plus jeune de tous. J'ai enchaîné mon programme correctement, sans trou de mémoire et sans grosses fautes.

Ce jour-là, j'ai remporté le premier prix, un peu d'argent et le droit de me produire à l'UNESCO lors d'un concert programmé au mois d'août, récompense dont je me serais volontiers passée...

La remise des prix avec concert des lauréats eut lieu quelques jours plus tard dans le salon d'honneur des Invalides, une salle somptueuse. Pour l'occasion, j'ai joué la première ballade de Chopin. C'était un des seuls morceaux qui me procurait sincèrement de l'émotion. Chopin y exprime tant de souffrance et de tristesse que j'arrivais à me l'approprier. Cette ballade évoquait ma vie et je mettais tout mon cœur à la jouer au mieux, pour exprimer et communiquer l'immense tristesse que je ressentais. Peut-être qu'un esprit sensible aurait pu percevoir mon message, mais il se perdit dans un public que seule la virtuosité technique d'une enfant semblait émouvoir. Pour eux quelques minutes d'extase, pour l'interprète que j'étais, de longues années de souffrance.

Interprète de l'âme de Chopin, pour le meilleur. Interprète de la folie de mon père, pour le pire. J'étais devenue une bête à jouer et mon père était devenu mon bourreau.

13

L'entrée en résistance

Au début du mois de septembre, je fis ma rentrée en troisième et dernière année de collège.

Dans notre village, il n'y avait pas de lycée. La question de la suite de nos études commençait donc à se poser pour moi comme pour les autres élèves de ma classe. Il y avait deux possibilités. Certains continueraient leur scolarité au lycée public qui se trouvait seulement à vingt-cinq minutes du village en voiture mais dont le taux de réussite au baccalauréat était faible. Les autres iraient en internat dans le lycée du chef-lieu du département, plus éloigné mais de bien meilleure réputation. Je me faisais du souci car je savais que les parents de mes amis les plus proches avaient opté pour l'internat. Pour moi, cette solution était bien sûr exclue et je redoutais terriblement que mon père ne me retire purement et simplement de l'école pour m'inscrire au Centre national d'enseignement à distance (CNED). Je serais alors condamnée à suivre un enseignement par correspondance.

L'angoisse d'arrêter l'école ne me quittait plus. Pour moi, ce serait une petite mort. Je me retrouverais seule, sans aucune porte de sortie, aucune bouée de sauvetage, livrée à mon père sans aucune possibilité de lui échapper. Je pris donc une décision importante, en toute conscience : j'ai arrêté de manger.

Mon raisonnement était simple : si je ne mangeais plus ou presque, j'allais maigrir. Si je maigrissais, mon père se rendrait compte que je n'allais pas bien. Pour la première fois de sa vie, il se remettrait peut-être ainsi en question et me traiterait différemment.

Mes amis commençaient à réviser le brevet des collèges. Je m'en suis servie comme excuse pour demander à manger de plus en plus souvent à la cantine. Je n'avais pas de nouveau concours en perspective et j'avais dit à mon père qu'à l'heure du déjeuner, un professeur de mathématiques nous donnerait quelques conseils pour ce premier examen national. Ma demande fut acceptée. Notre cantine n'étant pas surveillée, je pouvais donc faire l'impasse, sans que quelqu'un s'en émeuve, sur les repas proposés. Le matin, je me préparais plus longuement qu'à l'accoutumée. Je n'avais donc plus le temps de prendre mon petit déjeuner. Le soir et le week-end, j'étais souvent privée de repas, ce qui m'arrangeait bien. Dans le cas contraire, je mangeais peu, sous prétexte de m'être trop servie à la cantine.

Au début, cette diète que je m'imposais fut parfois difficile à respecter. J'étais habituée à sauter des repas lorsque mon père m'en privait, mais tenir le coup sur le long terme n'était pas chose aisée. Cette sensation de faim a disparu au fur et à mesure de mon amaigrissement. Je voulais croire que mon père, me voyant dépérir, ferait un lien entre ma maigreur et ma tristesse, entre ma tristesse et son comportement. J'étais persuadée qu'il allait changer. Il fallait qu'il change. Je n'en pouvais plus. Je voulais mourir. Parfois, le soir, quand tout le monde dormait, je descendais dans la cuisine, j'ouvrais les tiroirs à couverts et regardais longuement les couteaux. J'en prenais un et l'apposais contre mon poignet. Je restais ainsi de longues minutes, mais je manquais de courage. Maigrir était mon seul salut.

Entre le mois de septembre et le mois de février, je perdis pratiquement dix kilos dans l'indifférence générale. Le seul qui me fit une réflexion sur le ton de la plaisanterie fut mon professeur d'histoire : « Il faut manger, mademoiselle Raphaël, vous allez bientôt disparaître ! »

Ma mère avait elle aussi remarqué un changement mais, devant elle, je niais farouchement et m'ingéniais à porter un maximum d'épaisseur de vêtements pour éviter qu'elle ne s'inquiète.

Au début du mois de février, ma professeure de latin nous annonça que nous aurions la chance de partir en Italie sur les traces de Romulus et Remus. Ce voyage de classe devait avoir lieu en mai. Malheureusement pour moi, un nouvel engagement musical se profilait : M. Bertrand voulait que je participe à une audition à la salle Gaveau à la fin du mois d'avril. Les candidats retenus auraient l'opportunité de donner un récital dans cette même salle sous le haut patronage du ministère de la Culture au mois d'octobre. J'étais sûre de pouvoir dire adieu au voyage culturel.

Nous avons commencé à travailler durement en vue des auditions, mais chaque séance passée au piano était un supplice. J'étais épuisée par mon anorexie et cette fatigue accentuait les problèmes de dos dont je souffrais depuis quelques années. Le fait d'être assise sur un tabouret toute la journée avait progressivement aggravé ma scoliose. Perdre du poids m'avait rendue plus sensible aux coups, tant physiquement que psychologiquement. Je pleurais facilement et je supportais de plus en plus mal les humiliations dont j'étais victime. Ces humiliations étaient d'ailleurs en partie responsables de ma décision de ne plus manger. Depuis ma cinquième, j'étais devenue une jeune fille pubère. Recevoir des coups de ceinture à moitié nue, et ce même pendant mes règles, m'était devenu insupportable et cruel ; de même que les moqueries de mon père sur ma poitrine naissante. Maigrir était une manière de gommer les stigmates de cette puberté pour atténuer ma honte.

Trois jours avant le départ pour Rome, les auditions eurent lieu et je fus sélectionnée haut la main. Je profitai alors de ce moment d'accalmie pour demander à mon père de me laisser partir ces quelques jours avec ma classe. À ma grande joie, il accepta.

Je fis tout ce que je pouvais pour le satisfaire pendant les deux journées qui me séparaient du départ, et ce n'est qu'après être montée dans le car que je pus réellement respirer.

J'allais enfin connaître six jours de paix. Sans cris, sans coups, sans violence et surtout sans piano. Je voulais profiter de ces instants au maximum.

Nous avons visité Rome, son Forum et son Colisée, puis Anzio et sa plage, le Vésuve et enfin Pompéi. J'étais heureuse. Je me sentais enfin normale au milieu des autres. Les nuits restaient en revanche très compliquées. Dans un lieu que je ne connaissais pas, mon angoisse était accentuée. Je luttais le plus longtemps possible pour ne pas m'endormir tout en surveillant la porte du dortoir. Lorsque je lâchais enfin prise, je me retrouvais piégée dans un cauchemar récurrent dont la cause était un vieux métronome que nous utilisions pour travailler mon piano. C'était un instrument ancien avec un balancier qui allait de droite à gauche. Ce mouvement incessant et répétitif avait donné naissance à un rêve terrifiant : un homme au regard maléfique marchait dans une pièce sans porte ni fenêtre. Il avançait en rythme, la jambe droite après la jambe gauche, inlassablement, et parcourait la pièce dans un sens puis dans l'autre, sans aucune échappatoire possible. Je devais assister impuissante à cette scène jusqu'à ce qu'un réveil en sueur ne me délivre de ce cauchemar.

La semaine passa à une vitesse folle et le dernier jour sur place fut un difficile retour à la réalité. Je n'avais jamais eu autant de jours de répit loin de chez moi, loin du piano et loin de mon père. Rentrer me paraissait désormais une épreuve insurmontable. J'avais le ventre noué et le visage grave. J'aurais tout donné pour qu'un de mes professeurs s'aperçoive de mon mal-être et vienne me parler à cet instant.

Le retour fut aussi brutal qu'avait été forte l'illusion d'échapper pendant quelques jours à la routine de la violence.

14

L'aveu à M. Bertrand

À la mi-mai, mon père reçut une offre d'emploi intéressante en région parisienne. On lui proposait le poste de directeur industriel d'un grand groupe. Sa décision fut vite prise. Nous allions déménager en Île-de-France. Si la perspective de partir loin de mes amis me rendait triste, je savais que dans notre nouvelle commune la maison ne serait qu'à quelques kilomètres du lycée. Je pourrais donc m'y rendre à vélo et rentrer à l'heure du déjeuner si nécessaire. La menace du CNED s'éloignait pour un temps, ce qui m'apporta plus de sérénité.

L'exigence de mon père s'était accrue après mon voyage à Rome car il fallait à tout prix rattraper le prétendu retard pris pendant ces six jours sans piano. Il était à fleur de peau et s'emportait pour un oui ou pour un non. Un samedi, alors que nous nous apprêtions à aller chez M. Bertrand, il me prit entre quatre yeux :

« On va chez ton prof mais je te préviens, quand on revient, tu vas voir ce qui t'attend. »

Je ne peux expliquer pourquoi, mais j'ai senti que cette menace, plus que toutes les autres auparavant, avait un caractère particulier. La nervosité de mon père était à son paroxysme, et j'ai eu peur d'un geste irréversible. Avant de monter dans la voiture, je suis allée voir ma mère en cachette. Ensemble, nous avons décidé la chose suivante : elle devait attendre que l'on soit en route pour mon cours, puis appeler M. Bertrand afin de lui avouer ma vraie situation. Dès que nous sommes partis, elle a pris le téléphone et a demandé à M. Bertrand de ne pas me faire trop de remarques aujourd'hui. Elle lui a dit que mon père me battait et que le cours d'aujourd'hui devait bien se passer car il était très énervé.

Quand M. Bertrand a ouvert sa porte ce jour-là, j'ignorais encore la teneur de sa conversation avec ma mère. Il avait l'air sinistre et abattu et m'a regardée dans les yeux pour la première fois. Il semblait désemparé. Mon père ne s'est rendu compte de rien. Ensemble, comme à leur habitude, ils se sont dirigés vers la cuisine pour prendre un café. M. Bertrand était assez silencieux. L'ambiance était pesante. Tout d'un coup, il s'est ressaisi et a annoncé à mon père qu'il était désolé mais qu'il ne pourrait plus me prendre comme élève, sans donner plus de raisons. Mon père a eu l'air estomaqué et a tout de suite cherché à comprendre pourquoi. M. Bertrand lui a expliqué qu'il était fatigué et qu'il songeait à arrêter le piano, pour se mettre à la contrebasse en intégrant un orchestre. Sur le moment, mon père n'insista pas plus et mon cours de piano eut lieu comme à l'accoutumée. Le malaise était palpable. M. Bertrand paraissait traumatisé par ce que ma mère lui avait dit. Il n'osait quasiment pas me faire de remarque. Tout ce que je lui jouais était bien. Après notre départ en début de soirée, mon père promit de l'appeler dans la semaine, pour tenter d'arranger les choses. Après de longues discussions et arguant du fait que l'on allait de toute façon déménager dans quelques mois, mon père réussit à le convaincre de me reprendre jusqu'à notre départ.

Je sais que j'ai été l'une de ses dernières élèves. Il a progressivement cessé son activité, après moi. « Je ne voulais plus faire de petits malheureux », m'a-t-il dit un jour. Mon histoire l'avait trop marqué. Il n'avait pas voulu cela. Jamais il n'aurait pensé que ma réussite impliquait tant de violence et de douleur. Il se sentait coupable.

À la fin du mois d'août, il fallut partir. Les adieux à mes amis, particulièrement à Benjamin, furent difficiles. Nous avions passé tant de bons moments ensemble, nous nous étions tant amusés. Pendant les cours d'allemand de Mme Dumas, pendant les récréations, lorsqu'il venait à la maison… Comment allais-je faire pour retrouver un tel soutien ? Un ami aussi cher ?

Il n'était pas vraiment au courant de ce qui se passait à la maison, mais il avait toujours été là pour moi. Simplement. Il était le seul à s'être préoccupé de ma santé et de mon moral pendant nos années de primaire et de collège. Le seul qui m'ait fait rire et permis d'oublier les moments difficiles, quand aucun adulte ne m'avait encore jamais tendu la main.

15

Mme Marion

Arrivés en Île-de-France, nous avons emménagé dans un lotissement assez cossu. Toutes les bâtisses y étaient construites sur le même mode. Avec leurs murs au crépi rose pâle, leurs portes et volets blancs et leurs petits jardins fleuris, elles ressemblaient à des maisons de poupée. La nôtre n'échappait cette fois pas à la règle. Pour notre chien, Haydn, habitué aux grands espaces, la transition allait être difficile.

Les cartons déballés et le piano installé dans la nouvelle salle de jeu, il ne me manquait plus qu'un nouveau professeur. Lors de mon audition à Paris, salle Gaveau, mon père avait discuté avec un membre du jury enseignant au CNSM. Celui-ci lui avait donné le nom d'un professeur renommé qui donnait des cours à son domicile mais aussi au sein d'un conservatoire des Hauts-de-Seine.

Nous nous sommes rendus chez lui un samedi après-midi, peu avant la rentrée des classes. J'avais remis à niveau pour l'occasion les morceaux de ma dernière audition.

Ce professeur, M. Demarsky, habitait une imposante ferme rénovée avec au moins dix hectares de terrain vaguement entretenus. Pianiste d'origine russe, il avait la quarantaine et ne ressemblait en rien à M. Bertrand. L'intérieur de sa maison était magnifique, à la fois rustique et très chic. La pièce où il donnait ses cours se trouvait au premier étage de la bâtisse. Elle accueillait deux pianos à queue et un nombre incalculable de CD et de partitions. Pour qu'il puisse m'évaluer, je lui ai enchaîné mon programme une première fois. Il sembla impressionné et ravi, mais il lui manquait quelque chose. Il me demanda de reprendre la ballade n° 1 de Chopin, que je venais de jouer, et de suivre ses conseils. Il se passa alors quelque chose que je n'avais encore pas connu. Il semblait en osmose avec le piano et vivait cette musique. Par ses gestes habités et fougueux, il me guidait au fur et à mesure que je jouais. Artistiquement, nous étions sur la même longueur d'onde et, à la fin du morceau, je me suis rendu compte qu'avec ses indications, je n'avais jamais aussi bien joué cette ballade. Il avait indéniablement un don d'enseignement et une grande sensibilité. Il vivait la musique avec passion. Sur le plan humain en revanche, s'il était à n'en pas douter gentil et souriant, il me parut d'emblée accroché à la réussite et à l'argent. Il semblait chercher à travers ses élèves la reconnaissance qu'il n'avait certainement pas pu avoir en tant que pianiste professionnel. Il n'acceptait ainsi en cours particulier que des élèves extrêmement doués ou ayant des parents haut placés dans la hiérarchie sociale ou politique et parlait d'eux avec délectation. Il donnait l'impression de vivre par procuration.

À peine notre premier cours achevé, je vis dans ses yeux toute l'ambition qu'il avait pour moi. Il devint officiellement mon nouveau professeur, ses tarifs horaires élevés n'ayant pas découragé mon père. Il me proposa de commencer à travailler pour la semaine suivante un morceau dont la difficulté n'était pas comparable à ceux que j'avais pour l'instant à mon répertoire : les *Feux follets* de Liszt.

Début septembre, je fis ma rentrée en seconde au lycée Voltaire, cachant ma maigreur sous des pulls taille quarante-quatre. Je pesais trente-huit kilos et ne ressentais plus du tout la faim. Personne n'avait encore réagi à ma perte de poids, et j'étais désormais entrée dans une certaine routine.

Pour la première heure de cours, nous avons été pris en charge par notre professeure de français qui était également notre professeur principal, Mme Duny. Nous avons tout d'abord rempli, comme à chaque début d'année, une petite fiche de présentation en répondant à des questions standard sur la profession de nos parents, nos loisirs et passions diverses, et sur ce que nous envisagions de faire comme études. Passé ces questions types, elle nous a ensuite demandé à ma grande surprise d'écrire au dos de la fiche quelque chose qui resterait entre elle et nous. Quelque chose que l'on voudrait lui signaler. Un problème dont on souhaiterait lui faire part. Le « quelque chose » que l'on ne m'avait jamais demandé jusqu'à présent.

J'ai pris mon stylo et, sans réfléchir, j'ai écrit que je faisais plus de quarante-cinq heures de piano par semaine, en dehors de mes horaires d'école. Ni plus, ni moins. Juste cette phrase. Curieusement, je ne l'ai pas écrite pour alerter sur mon sort. Je crois que je voulais juste expliquer en quoi ma vie était singulière. J'étais persuadée que ma professeure lirait cette fiche sans y prêter trop attention et la rangerait dans son tiroir.

Le lendemain, lors de la récréation, alors que je sortais d'un cours de mathématiques, une femme m'attendait devant la porte de la classe. Elle se présenta comme étant Mme Marion, l'infirmière scolaire, et me demanda si je pouvais lui accorder quelques minutes de mon temps pour discuter dans son bureau. Environ la quarantaine, elle ressemblait physiquement un peu à ma mère. Elle avait les cheveux châtains, coupés court et était un peu plus petite que moi. Elle était extrêmement douce et délicate et m'inspira tout de suite confiance. Une fois dans son bureau, elle m'expliqua que ma professeure de français était venue la voir le matin, inquiète, car elle avait lu mon petit mot au dos de la fiche et s'étonnait du nombre d'heures passées au piano. J'étais très mal à l'aise. J'avais la sensation terrible d'avoir fait quelque chose de mal. Je baissais les yeux, honteuse. Mme Marion voulait savoir si ce que j'avais écrit était exact. Je lui répondis par l'affirmative d'un hochement de tête. Elle me posa ensuite quelques questions sur mon poids. Elle me trouvait très maigre et me demanda si quelque chose n'allait pas dans ma vie.

J'avais tellement attendu ce moment et pourtant, devant le fait accompli, je ne savais plus quoi dire. J'avais peur d'en dire trop, peur des conséquences. Avec méfiance, j'ai commencé à lui décrire mon emploi du temps sans rentrer dans les détails, mais la cloche a sonné et j'ai dû regagner ma classe.

Lorsque je suis rentrée à la maison ce soir-là, j'avais une énorme boule au ventre. Je regrettais énormément d'avoir écrit ce mot. Je regrettais d'avoir parlé à Mme Marion. J'étais envahie par une angoisse terrible qui me coupait la respiration. J'aurais voulu revenir en arrière tant je redoutais la suite. Je priais de toutes mes forces pour que cette infirmière n'appelle pas mon père afin de lui demander quelques explications. Si elle le faisait, j'étais sûre qu'il allait me tuer.

Mon nouvel emploi du temps ne me laissait guère qu'une heure au déjeuner. Mon père, quant à lui, ne pouvait plus rentrer à la maison car il travaillait un peu trop loin. Je fus donc inscrite à la cantine de manière systématique, ce qui m'aida à me faire rapidement de nouveaux amis.

Nous étions un petit groupe soudé de six. Il y avait Laure et Aurélie, inséparables depuis l'école primaire, et Sylvain, le matheux. C'était un garçon très timide mais d'une immense gentillesse. Laurence la littéraire et Estelle, ma meilleure amie, rentraient déjeuner chez elles, mais en dehors de ces brèves escapades, elles étaient toujours avec nous.

À la cantine, je ne mangeais pratiquement rien sur mon plateau. Sylvain, qui était plutôt gourmand, prit vite l'habitude de le finir pour que je sois autorisée à quitter le réfectoire. À la différence de mon collège, nous étions surveillés. Ce manège ne passa cependant pas inaperçu bien longtemps et, quelques semaines après notre premier entretien, l'infirmière scolaire revint m'attendre devant ma salle de classe, un matin, à la pause de dix heures. Cette fois-ci, elle me fit clairement comprendre qu'elle s'inquiétait pour ma santé car elle avait appris que je ne mangeais rien le midi. Elle voulait savoir pourquoi, en me promettant que ce que je lui dirais resterait entre nous.

Je ne l'avais vu que deux fois jusqu'à présent, mais je me sentais en confiance. Elle posait sur moi un regard bienveillant dont je n'avais pas l'habitude et qui me touchait au plus profond de mon cœur. Elle arrivait dans ma vie à un moment où je renonçais presque. Moi qui m'étais tant accrochée pour survivre, je commençais à lâcher prise. De désespoir. De lassitude. Alors que je me laissais couler, elle m'a tendu une main et je m'y suis accrochée. Tout doucement, j'ai esquissé mes premières paroles.

Chaque jour, au moment de la pause déjeuner, Mme Marion m'attendait devant la cantine. Nous allions dans son bureau et, petit à petit, je lui dévoilais ma vie. J'étais de plus en plus sereine car j'avais sa parole qu'elle ne dirait rien à mes parents.

L'infirmerie est progressivement devenue indispensable pour moi. Il fallait que je puisse y aller chaque jour. Plus je parlais et plus il fallait que je parle. Je me retrouvais tout d'un coup avec un trop-plein de choses à dire. J'éprouvais le besoin de déverser un flot de paroles longtemps retenues, à l'image d'un barrage dont on venait d'ouvrir les vannes. Je m'étais tue si longtemps que chaque entretien me paraissait trop court. Quitter l'infirmerie était un crève-cœur, et je commençais à développer une certaine forme de dépendance très forte vis-à-vis d'elle. J'aurais voulu y passer toutes mes journées rien que pour pouvoir parler. Je quittais de plus en plus souvent les cours, prétextant un mal de ventre, pour pouvoir voir Mme Marion et lui dire encore tant de choses. Quand elle n'était pas là, je m'effondrais en pleurs devant son bureau et y déversais toutes les larmes de mon corps. Sa présence à mes côtés me rendait plus forte. Lui parler me rassurait. De manière totalement incontrôlable, la moindre de ses absences engendrait chez moi un état de panique qui me submergeait. Elle venait de me faire découvrir ce que cela faisait de ne plus être seule. Je ne voulais pour rien au monde revenir en arrière.

Pour la première fois de ma vie, je n'avais plus peur de mourir seule pendant le week-end. Pour la première fois de ma vie, je savais que si je n'étais pas au lycée le lundi matin, quelqu'un s'apercevrait de mon absence et appellerait les secours.

16

Münchhausen

Vers la fin du mois de novembre, Mme Marion me fit rencontrer le médecin scolaire, Mme Martin. Elle connaissait désormais une grande partie de ma vie, mais avait jusqu'alors respecté sa promesse de ne rien révéler. Lors de cet entretien, toutes les deux ont essayé de me faire comprendre que la situation à la maison était critique, et qu'il leur était difficile de garder le silence. Psychologiquement, je n'étais absolument pas prête à un tel bouleversement. Elles étaient suffisamment fines pour le comprendre. Nous avons donc décidé d'un commun accord qu'elles ne diraient rien pour l'instant si j'acceptais de voir régulièrement une psychologue. Mme Marion essaya également de me convaincre de lui montrer mes hématomes chaque fois que j'aurais été victime de coups.

« Il faut faire des constats, Céline. Si un jour tu portes plainte, il y aura des traces écrites. Ce ne sera pas ta parole contre celle de ton père. Si jamais il t'arrivait quelque chose, il y aurait aussi des preuves. »

Je n'arrivais pas à m'y résoudre. J'avais bien trop peur des conséquences que cela pourrait avoir. Et j'avais honte. Quand je venais à l'infirmerie le lundi matin pour raconter mon week-end, je parlais de mes bleus, mais pendant de longs mois, je n'ai jamais pu les montrer.

Début décembre, M. Demarsky nous annonça que j'allais être invitée à jouer dans une émission de France Musique. Pour l'occasion, je dus monter un programme avec le *Scarbo* de Ravel, un nocturne de Chopin ainsi que les fameux *Feux follets* de Liszt. La pression était énorme. Passer à la radio était une étape importante, et mon père devint de plus en plus violent. Il avait changé. Je pense que l'assurance que j'avais gagnée en me confiant à Mme Marion y était pour beaucoup. Le vendredi soir, outre mes barrettes et mon billet de cinquante francs, j'avais rajouté son numéro de téléphone personnel dans ma chaussette. J'avais ainsi l'impression qu'elle était à mes côtés, et qu'il ne pouvait rien m'arriver de grave. Je me sentais plus forte, je pleurais moins. Je commençais presque à essayer de dire non. Devant cette résistance naissante, mon père était déstabilisé. Lui qui avait toujours agi de manière méthodique et silencieuse commençait à agir de façon impulsive. Me sentant plus forte, il tentait de me briser tant physiquement que moralement en inventant de nouvelles brimades.

Il me répétait sans cesse que je ne saurai jamais rien faire d'autre que le ménage. Je devais donc régulièrement nettoyer la cuisine après leur repas du soir, auquel je n'avais pas eu le privilège d'assister. Je devais débarrasser leur table, passer le balai, laver. Quand il trouvait un papier par terre, il me le faisait manger.

« Comme ça, tu apprendras où se trouve la poubelle », disait-il.

Parfois, quand j'allais me coucher, je sentais quelque chose de dur sous mon oreiller. C'était des tasses ou des verres en général, dans lesquels j'avais bu et que je n'avais pas rangés.

L'émission de radio approchant, la tension s'est aggravée de jour en jour à la maison.

Un soir, mon père rentra du travail particulièrement énervé. Il devait partir le lendemain en Côte d'Ivoire, pour trois jours, dans le cadre d'un projet industriel. La perspective de ne pas pouvoir superviser mon travail au piano pendant ce temps-là le mettait dans tous ses états.

À peine étions-nous installés devant l'instrument que les coups ont commencé à pleuvoir car rien n'était assez bien. Mes traits n'étaient pas réguliers, mes nuances ne convenaient pas malgré toute mon application. Tout d'un coup, alors que je ne m'y attendais pas, je reçus un coup de pied dans l'aine droite. Sous la violence du choc, je suis tombée du tabouret sur le genou gauche.

Le lendemain, à mon réveil, j'avais du mal à plier la jambe et un gros hématome s'était constitué au niveau de l'articulation de mon genou. Je n'ai rien dit à ma mère car je voulais profiter pleinement de ces trois jours de liberté loin de mon père. Les moments que nous passions toutes les trois lorsqu'il était absent étaient simples, mais pourtant si merveilleux. Ma mère me laissait totalement libre de mon temps passé devant le piano et ne me faisait aucun commentaire. Je pouvais alors lire et écouter de la musique à ma convenance. Le soir, elle nous laissait regarder avec elle le film de vingt heures cinquante, toutes les trois blotties dans le même sac de couchage. Pour moi, c'était le bonheur !

L'état de mon genou, lui, ne s'améliorait pas. L'articulation était particulièrement gonflée et un gros œdème de la jambe était apparu. Je me décidais enfin à en parler à ma mère qui m'emmena immédiatement chez le médecin. Celui-ci me prescrivit une attelle et des béquilles pour reposer ma jambe afin de diminuer l'inflammation de l'articulation.

Quand mon père fut de retour après trois jours passés trop vite, il s'inquiéta de l'état de ma jambe. Dans ces conditions, je pouvais difficilement plier ma jambe et me servir de la pédale de gauche du piano. Il décida donc de m'emmener aux urgences de l'hôpital le plus proche. On m'y garda un ou deux jours afin de réaliser des examens complémentaires.

Dans le service de médecine interne où je fus transférée, je rencontrais l'interne et la chef de clinique ainsi que le personnel paramédical. Ils devaient avoir déjà lu le compte rendu des urgences où j'expliquais être tombée du tabouret car aucun d'eux ne me posa la moindre question. Ni sur ma jambe ni sur ma maigreur. J'avais l'impression d'être inexistante. Cette attitude ne m'incita pas à me confier. J'étais persuadée que je ne serais pas crue et que mon père me ferait payer d'avoir osé parler. Il venait me voir l'après-midi avec ma mère et appelait le médecin matin et soir pour savoir si un diagnostic avait été posé.

Deux jours après le début de mon hospitalisation, et sans que l'on m'en ait informée au préalable, un psychiatre se présenta dans ma chambre. Il s'assit sur une chaise à côté de moi et me demanda de but en blanc si, par hasard, je n'avais pas lu la *Psychopathologie de la vie quotidienne* de Freud. J'avoue qu'à l'époque, je ne voyais pas vraiment où il voulait en venir. Je n'avais que quatorze ans et Freud ne faisait pas partie de mes classiques.

Après trois jours de repos au lit, ma jambe avait retrouvé sa taille normale et l'hématome était en train de s'atténuer. Je fus donc autorisée à sortir de l'hôpital, en conservant toutefois l'attelle au genou et les béquilles quelques jours. Ma jambe était encore douloureuse et je peinais à poser le pied par terre.

À peine de retour, il fallut se remettre au piano pour rattraper le retard pris. La sollicitude dont mon père avait fait preuve à son retour de voyage avait disparu. Si les médecins n'avaient rien trouvé, c'est que je n'avais rien. Il me fit donc enlever mon attelle pour travailler mon piano et ce, malgré la douleur.

Quelques jours plus tard, le compte rendu de mon hospitalisation arriva par le courrier. Je tombai des nues en le lisant. Les médecins concluaient à un « probable syndrome de Münchhausen », insinuant ainsi que je me serais « auto-infligé » cette blessure. Mes examens et analyses de sang étaient normaux. Mes parents s'étaient montrés charmants et très impliqués. J'étais anorexique. L'équation était vite faite. Il n'y avait visiblement pour eux qu'une seule solution : je m'étais fait tout cela moi-même pour attirer l'attention. Hypothèse bien pratique pour qui ne veut pas perdre son temps.

Cette lecture fut pour moi un choc. Je me rendis compte à ce moment-là que Mme Marion avait raison. Pour l'instant, je n'avais rien pour moi, si ce n'est ma parole. Parole qui ne pèserait visiblement pas bien lourd devant la stature de mon père et l'image de parent aimant, équilibré et souriant qu'il inspirait aux autres. L'anorexie dans laquelle je me retrouvais plongée m'avait fait entrer dans la case des pathologies mentales. J'avais l'impression qu'elle me faisait perdre toute crédibilité. Je décidai donc désormais que je montrerai chaque bleu à Mme Marion pour que l'on puisse faire des constats de coups.

17

France Musique

Avec ma perte de poids, j'avais beaucoup de mal à me concentrer. Mes doigts ne voulaient plus avancer aussi vite qu'avant. L'émission approchait à grands pas et les répétitions devenaient de plus en plus difficiles pour moi.

Un samedi matin, alors que j'avais énormément de mal à passer la deuxième page de *Feux follets*, ma mère vint nous chercher pour manger. À ma grande surprise, mon père ne s'y opposa pas et me laissa venir dans la cuisine avec eux. Vu les circonstances, j'étais méfiante.

Je me suis assise à ma place à table, tout en le surveillant du coin de l'œil. Ma mère avait fait des spaghettis à la bolognaise mais je ne mangeais plus de pâtes depuis un bon moment déjà.

Une fois servie, je contemplais mon assiette en me demandant comment j'allais pouvoir échapper à cela. Mon père m'observait. Tout d'un coup, il s'est levé et m'a attrapée par les cheveux. Après m'avoir renversé la tête en arrière, il essaya de m'enfoncer une fourchette de pâtes dans la bouche. Je tentais de résister en gardant mes lèvres bien serrées. Il m'a alors bloquée contre son torse en immobilisant mes bras et m'a bouché le nez. J'étais en apnée.

Ma mère s'est levée.

« Je ne veux pas voir ça. »

Marie, restée assise, était horrifiée par cette violence. Il était extrêmement rare qu'elle ou ma mère en soient témoins. D'habitude, tout se passait derrière la porte de la salle de jeu.

« Maintenant, tu la lâches », hurla-t-elle tout d'un coup.

Surpris, mon père desserra son étreinte et quitta à son tour la pièce après avoir fait valser son assiette par terre, de colère. En arrêtant de manger, je voulais le faire réagir pour qu'il change d'attitude envers moi et devienne plus gentil. Il percevait en réalité mon anorexie comme un obstacle. Un obstacle qui lui résistait. Même par la violence, il ne pouvait le surmonter. Cette impuissance ne faisait qu'amplifier sa rage.

Après le repas, nous sommes retournés au piano pour continuer de travailler les *Feux follets*. À peine la deuxième page entamée, il quitta la pièce comme une furie. Je ne voyais pas quelle faute j'avais bien pu faire pour engendrer une telle réaction. J'étais tétanisée.

Je l'ai entendu monter l'escalier. Il était visiblement dans ma chambre. Le placard de mon armoire a claqué et la fenêtre s'est ouverte. J'étais persuadée qu'il était en train de jeter des livres, des CD et des vêtements.

Tout d'un coup, il est redescendu, est rentré dans la salle de jeu et m'a empoignée par les cheveux. Il m'a traînée jusque dans ma chambre et m'a jeté la petite radio que je gardais cachée sous mon matelas à la figure. Elle m'a atteint au coin de l'œil et a fait valser mes lunettes. J'aurais dû la cacher dans la chambre de Marie vendredi soir, mais j'en avais besoin et je voulais la garder près de moi. Cette radio était mon unique lien avec la vie. Elle me permettait de m'évader et m'empêchait de sombrer dans la dépression. Dès que j'avais le droit d'aller me coucher, je me branchais sur les libres antennes et notamment celle de Difool sur Fun Radio qui me détendait énormément. Parfois, je riais toute seule sous mes couvertures tellement il était drôle. Les auditeurs appelaient pour lui demander des conseils et à ce moment-là, j'avais un peu l'impression de prendre part à leur conversation. Je me sentais de ce monde. Tombée par terre, ma petite radio était fichue, mais je n'eus pas le temps de m'apitoyer sur mon sort.

Mon père m'a agrippée de nouveau par les cheveux. J'ai essayé de me débattre, mais j'ai perdu l'équilibre et je suis tombée. Il m'a traînée ainsi dans le couloir. J'étais couchée sur le dos et je sentais mes cheveux se décoller de mon crâne. J'essayais de lutter contre la traction qu'il exerçait sur mon cuir chevelu en appuyant sur ma tête avec mes mains. Elle me brûlait terriblement. Il me fit descendre l'escalier tête la première et sur le dos. À cause de ma maigreur, j'avais les os exposés et seulement protégés par la peau. Les vertèbres de ma colonne étaient très apparentes, et chaque heurt des marches provoquait une vive douleur. Je perdis quasiment conscience. J'étais dans un état de flottement étrange.

Maman et Marie, qui venaient d'assister à la scène, suppliaient mon père de me lâcher. Elles avaient l'air terrifiées. Sans même un regard pour elles, il m'emmena jusque devant la salle de jeu et me lâcha comme un vulgaire paquet. Je me relevai péniblement. Il me poussa à l'intérieur de la pièce et referma la porte derrière lui. Nous avons recommencé à travailler.

Le lundi matin, à la récréation de dix heures, je me suis précipitée dans le bureau de Mme Marion et j'ai accepté pour la première fois qu'elle appelle le médecin pour réaliser un constat de coups et blessures. Le Dr Martin vint me voir dans l'après-midi. C'était une femme très douce, pleine de tact. Je lui ai montré les bleus que j'avais au bras droit, à la cuisse gauche, au niveau de l'œil et dans le dos.

Après les avoir tous mesurés, elle rédigea son certificat en prenant soin de retranscrire mes paroles telles quelles.

Quelques jours plus tard, l'émission de radio eut lieu en direct.

J'étais en compagnie de la chanteuse Marie-Paule Belle et d'un groupe de chanteurs a capella. J'avais un trac immense, bien plus important encore que celui que j'éprouvais avant de me produire devant un public. Je me disais que si je faisais une faute, elle serait entendue par tous les auditeurs cachés derrière leur poste et, surtout, qu'elle serait enregistrée. Le premier morceau que je devais jouer était *Feux follets*. Tout se passa bien. Le public semblait conquis par ma dextérité. Leurs applaudissements me firent chaud au cœur. J'étais beaucoup plus détendue. Les autres invités furent également extrêmement gentils avec moi et firent tout pour me mettre à l'aise. Le *Scarbo*, puis le nocturne de Chopin, furent eux aussi très bien accueillis. Mon père et M. Demarsky étaient contents de moi. Pour ma part, j'étais soulagée d'avoir survécu à la semaine terrible qui venait de passer.

Désormais, je le savais, si je ne pouvais pas m'échapper, je mourrais.

18

Accès de folie

Au début du mois de mars, M. Demarsky, qui avait pour moi des rêves de grandeur, m'imposa un nouveau challenge. Il voulait m'inscrire au concours Chopin, un concours international de très grande envergure. Pour un pianiste, gagner ce concours est le signe annonciateur d'une brillante carrière. Mon père était ravi de cette proposition.

Il appréciait beaucoup M. Demarsky car ils avaient tous les deux pour moi la même ambition. Pour ma part, je n'avais plus aucune sympathie pour mon professeur. Un samedi, alors qu'il voulait me montrer comment mieux jouer un passage, il me demanda de me lever du tabouret en m'attrapant par le bras. Sans le vouloir, il me provoqua une douleur importante en appuyant sur un hématome. Je ne pus retenir une grimace. Il me demanda alors ce qu'il avait fait. Je remontais ma manche et lui expliquais que j'avais un bleu. Il comprit vite d'où provenait cette blessure car il regarda mon père. Il esquissa un petit sourire gêné et dit :

« Ah ! Les choses ne sont pas simples ! Mais si tu étais un peu plus grosse, les bleus ne se verraient pas. »

Je lui aurais pardonné si d'autres épisodes semblables ne s'étaient pas produits par la suite, et s'il ne m'avait pas dit clairement un jour :

« Je comprends un peu ton père, car parfois tu n'écoutes rien. »

Il avait accepté d'être le complice de mon père en ne condamnant pas son attitude. Il préférait me sacrifier pour m'emmener au sommet et en récolter tous les honneurs.

Le concours Chopin me faisait peur car je savais que le vainqueur n'avait d'autre choix que de s'engager rapidement dans une carrière professionnelle, totalement dédiée au piano. Celui qui remportait ce concours était en effet invité à se produire avec orchestre dans plusieurs villes d'Allemagne et d'Europe. Les concerts en amenant d'autres, la suite était toute tracée. Je ne voulais absolument pas de cette vie. Je m'accrochais toujours à mes rêves de médecine.

Dans l'optique de ce prochain concours, M. Demarsky me fit travailler le premier concerto de Chopin. Pour m'entraîner, il avait prévu que je le joue avec orchestre lors du concert donné par les élèves de sa classe au conservatoire, en avril.

Au lycée, les constats de coups que je faisais régulièrement le lundi avec Mme Marion s'accumulaient. Elle était très inquiète pour moi et commençait tout doucement à me préparer à la suite. Elle avait peur d'un drame. Peur que je ne prenne un mauvais coup. Peur que l'anorexie ne m'emporte. Elle était tiraillée entre l'angoisse de me laisser rentrer chaque soir à la maison et celle que je me suicide après un signalement auquel je n'aurais pas été assez préparée psychologiquement.

Le matin du samedi de Pâques, quelques jours avant le concert, nous nous sommes mis au piano très tôt. J'étais fatiguée car j'avais totalement perdu le sommeil. J'écoutais la radio et les libres antennes toute la nuit sur mon Walkman. Ma mère me l'avait offert en cachette après que mon père avait brisé mon petit poste.

D'emblée, mon père m'a demandé de lui jouer le concerto d'un bout à l'autre. Il se mit derrière moi, ce qu'il ne faisait jamais d'habitude. Je ne pouvais pas le voir dans le reflet du piano. Je ne pouvais pas me préparer aux coups ni prévoir ses gestes. Impossible de me protéger. L'angoisse était en train de m'envahir. Je ne pensais plus qu'à ça et en ai oublié ma partition. Mes doigts ont commencé à trembler. Je me suis emmêlé les pinceaux dans un trait périlleux du troisième mouvement. Il m'a empoignée par les cheveux et m'a claqué la tête contre les touches. La cacophonie fut terrible. J'avais le souffle coupé. Il me lâcha tout aussi brutalement et partit en claquant la porte, dans le silence le plus total. J'étais pétrifiée. Quelques secondes plus tard, la porte s'est ouverte de nouveau. Il s'est dirigé vers la fenêtre et a fermé les volets avant de ressortir, en m'enfermant à clé. Sans un mot. Je ne bougeais toujours pas. J'étais aux aguets. Je l'ai entendu monter l'escalier puis le redescendre. Il est revenu vers moi, a ouvert la porte et m'a dit : « Tu vas voir. »

Ses actes étaient incohérents. Il allait et venait frénétiquement comme dans un accès de folie. J'ai senti que j'allais mourir. J'en étais sûre. C'était mon dernier week-end. Un week-end de trois jours. Sans réfléchir, seulement guidée par mon instinct de survie, j'ai ouvert la fenêtre puis les volets. J'ai sauté et me suis mise à courir le plus vite que je pouvais. Je courais pour atteindre la boulangerie au coin de la rue et appeler Mme Marion au secours. J'ai entendu la porte d'entrée s'ouvrir. Je me suis retournée et j'ai vu mon père courir derrière moi. Il avait dû entendre le bruit des volets. Il m'a rattrapée. Il n'y avait personne dehors. Aucun voisin ne regardait. Je voulais hurler pour alerter quelqu'un, mais aucun son n'est sorti de ma bouche. J'ai abandonné et l'ai laissé me traîner par les cheveux jusqu'à la maison. De toute façon, je n'avais aucune chance.

Dès que nous sommes arrivés à la maison, il m'a jetée par terre sur le carrelage de l'entrée. J'étais sur le ventre. D'une main, il m'a maintenu la tête contre le sol, de l'autre il m'a mis les deux mains dans le dos et a appuyé son genou contre mon dos. Il m'écrasait. J'étais à moitié consciente. Je savais que maman et Marie l'imploraient de me laisser tranquille, mais je ne réagissais plus. Au bout de quelques minutes, il me demanda si j'étais calmée et prête à travailler sérieusement. Sans attendre ma réponse, il m'a lâchée et nous sommes retournés dans la salle de jeu pour travailler.

Le lundi matin, j'ai prétexté aller acheter du pain et j'ai appelé Mme Marion d'une cabine téléphonique. Je lui ai raconté ce qui s'était passé pendant le week-end et je lui ai dit que j'étais prête pour le signalement. Je ne voulais plus rester chez moi.

Dans l'après-midi, mon père s'est absenté quelques heures pour aller finir des dossiers au travail. Mme Marion et moi, nous nous sommes arrangées pour nous voir dans l'après-midi, sur le parking désert du centre commercial qui ne se trouvait pas loin de la maison. Elle avait réussi à trouver un médecin de garde qui pouvait faire le constat de coups. Nous avons beaucoup parlé et elle m'a dit qu'elle s'occuperait de faire le signalement dès le lendemain au lycée.

Il ne me restait plus que quelques heures à tenir.

19

Le signalement

À plusieurs reprises dans l'année, Mme Marion avait convoqué ma mère au lycée à l'insu de mon père. Au départ, elle voulait lui parler de ma perte de poids. Ma mère s'était bien rendu compte que j'avais beaucoup maigri. Elle avait remarqué que je fuyais les repas. Pourtant, elle refusait d'admettre qu'il puisse s'agir d'anorexie. Elle trouvait que Mme Marion en rajoutait un peu. Elle avait été cependant d'accord pour que je voie un psychologue afin de pouvoir en parler.

Au fur et à mesure de leurs rencontres, Mme Marion amena ma mère à lui parler des problèmes que je rencontrais à la maison. Tout comme pour moi, ces entretiens furent la première occasion donnée à ma mère de se libérer. Tout comme pour moi, le silence et l'angoisse accumulés depuis tant d'années se déversèrent dans un torrent de mots et de larmes.

Pourtant, au début, ma mère était encore ambiguë. Si elle était bien consciente de ma souffrance, elle n'arrivait pas à voir en mon père, son mari, un bourreau. Peut-être voulait-elle encore le nier pour atténuer son sentiment de culpabilité. Peut-être que voir la vérité en face était trop difficile. Elle expliqua à Mme Marion que j'avais un don extraordinaire, que j'étais une virtuose. D'après elle, mon père, très dévoué, voulait me donner le choix à 18 ans d'être une grande pianiste ou de poursuivre des études.

« Mon mari passe tout son temps avec sa fille. C'est un père parfait. Il rentre du travail et se met tout de suite au piano avec Céline, jamais de répit, jamais de vacances. Que voulez-vous, il a été élevé comme cela. C'est grâce à l'acharnement de son père que mon mari est devenu ingénieur et qu'il a aujourd'hui une excellente réussite professionnelle. »

Ma mère n'avait jamais pu se confier à quelqu'un sur notre situation. Elle se sentait seule et impuissante. Elle n'avait jamais eu la force de quitter mon père. D'abord parce qu'elle pensait perdre la garde de ses enfants en cas de divorce. Ensuite parce qu'elle aimait mon père profondément, malgré tout. Au fil de leurs rendez-vous, souvent après des constats de coups, Mme Marion réussit peu à peu à lui faire admettre la gravité de la situation.

Après le week-end de Pâques, je suis retournée au lycée. Mme Marion m'y attendait. Nous avons parlé longuement du signalement et de ses conséquences pour moi. D'après elle, si un signalement était envoyé au juge, je serais certainement retirée à ma famille. Mme Marion me demanda si une personne du côté de ma mère pourrait m'accueillir. Je ne voyais que Christine, la sœur cadette de ma mère. Je la connaissais finalement peu mais je l'aimais beaucoup. Les rares fois où nous montions dans l'Est nous avions séjourné toujours dans la famille de mon père. C'est tout juste si ma mère avait le droit de passer dire bonjour aux siens.

Christine ne se doutait pas une seule seconde de notre situation car ni ma mère ni moi n'en avions jamais parlé à qui que ce soit de la famille. En ce mardi après-midi, Mme Marion prit contact avec elle et lui expliqua la situation. Elle tomba des nues. Sous le choc, elle accepta immédiatement de m'héberger si je venais à être placée. J'étais très enthousiaste et même heureuse à l'idée d'une nouvelle vie chez elle. À ce moment-là, même si j'avais un peu peur des conséquences du signalement, me dire que j'allais vivre chez Christine était une délivrance. Chez elle, la vie serait beaucoup plus douce et beaucoup plus drôle.

Après avoir eu Christine au téléphone, Mme Marion convoqua de nouveau ma mère. Elle reconnut pour la première fois, en larmes, qu'elle était incapable de me protéger. Je pense que le week-end passé l'avait vraiment marquée. Elle n'avait jamais assisté aux scènes de violence que m'infligeait mon père et je ne lui en parlais pas non plus. Pour la protéger. Pour qu'elle ne souffre pas.

Mais, depuis qu'il n'arrivait plus à maîtriser et à cacher sa colère, Marie et elle assistaient de plus en plus souvent aux brutalités dont j'étais victime. Dans le bureau de Mme Marion, ma mère réalisa que le signalement était inévitable pour que cette violence s'arrête. Elle avait néanmoins l'impression de poignarder mon père dans le dos.

Avec notre accord à toutes les deux, Mme Marion se réunit donc avec le médecin scolaire, l'assistante sociale du lycée et ma psychologue, pour lancer la procédure de signalement.

En me réveillant le lendemain matin, j'étais terrorisée, et tout se bousculait dans ma tête. Je regrettais infiniment d'avoir accepté le signalement. J'avais l'impression d'avoir trahi mon père et d'être responsable de la destruction de ma famille. J'étais persuadée qu'il allait le deviner, rien qu'en me regardant, et qu'il allait me tuer. J'avais aussi très peur qu'il ne se suicide s'il avait des ennuis avec la justice.

Jusqu'à présent, ma vie avait été réglée comme du papier à musique et cette routine immuable, même terrifiante, m'offrait un cadre rassurant. Ce signalement me plongeait dans l'inconnu.

Le signalement fut envoyé au parquet jeudi dans la journée, et nous fûmes convoquées pour le lendemain. Le vendredi matin, mon père dut partir en Suisse pour son travail tôt dans la matinée. Il ne se doutait de rien. Avant de partir au lycée, ma mère et moi avons préparé une petite valise avec quelques affaires. Nous devions nous rendre à la brigade des mineurs et je savais que je ne rentrerais pas à la maison avec elle. J'éprouvais un sentiment difficilement descriptible. Un mélange de panique et de soulagement. Je me disais que mon calvaire était fini et que la vie chez Christine allait être bien meilleure. En même temps, j'éprouvais une tristesse infinie pour ma mère et Marie. Je mesurais le chagrin que je leur causais en partant et j'en étais malade.

Une fois mes affaires préparées, ma mère m'a conduite au lycée. Nous y avons retrouvé Mme Marion.

Estelle, Laurence, Aurélie, Laure et Sylvain étaient également présents. Ils tenaient à me dire au revoir et à me donner une lettre accompagnée d'un poème de Baudelaire, que j'aimais car il mettait des mots sur mes sentiments :

> Ma jeunesse ne fut qu'un ténébreux orage,
> Traversé çà et là par de brillants soleils ;
> Le tonnerre et la pluie ont fait un tel ravage,
> Qu'il reste en mon jardin bien peu de fruits vermeils.

Après les avoir embrassés une dernière fois, je suis remontée en voiture, et nous avons pris la direction de la brigade.

20

Audition et premier placement

À la brigade des mineurs, Mme Marion, ma mère et moi avons été reçues séparément. Je me suis retrouvée seule dans une pièce avec un officier, et une jeune femme assise à côté de lui, dont j'ignorais la fonction.

J'ai commencé par décliner mon identité. C'était très solennel et froid. Le policier ne me regardait pas. Il retranscrivait ce que je lui disais sur son ordinateur.

Les formalités une fois terminées, il m'a demandé de lui raconter ce qu'il se passait à la maison. Combien d'heures de piano est-ce que je faisais par jour ? Est-ce que j'aimais le piano ? Tandis que je répondais à ses questions du bout des lèvres, j'avais l'impression étrange d'être hors de mon corps et de regarder la scène d'en haut. Je n'étais pas préparée à ça. Je regrettais terriblement d'avoir parlé à Mme Marion. J'étais terrorisée, et le peu de compassion que me témoignait cet officier n'était pas fait pour me rassurer.

Il m'a ensuite demandé de lui décrire avec précision les punitions dont j'avais été victime depuis trois ans. Je le regardais, incrédule. Pourquoi trois ans ? Les onze autres ne comptaient pas ? Je ne savais pas à l'époque que le délai de prescription pour ce genre de violences n'était que de trois ans. Néanmoins, j'aurais tellement voulu revenir en arrière à ce moment-là que je minimisais la situation en me recroquevillant de plus en plus sur ma chaise. Face à cet officier, je n'osais pas raconter plus du quart de tout ce que je subissais quotidiennement.

Cette audition était une épreuve terrible pour moi. Je portais une culpabilité immense. Je culpabilisais pour mon père et à cause des ennuis auxquels je l'exposais. Je culpabilisais pour ma mère, interrogée dans la pièce d'à côté. J'avais très peur que les policiers soient durs avec elle et la condamnent sans savoir. Certes, elle n'avait pas divorcé. Elle n'était pas partie en nous emmenant avec elle sous son bras. Mais elle m'avait soutenue en cachette toutes ces années. Elle avait tout fait pour me rendre la vie plus douce malgré tout. Elle avait toujours été là pour moi. Sans elle, je serais morte depuis longtemps. Si elle n'était pas partie, c'est qu'elle n'avait pas pu. Par manque de confiance en elle. Par manque de courage face à mon père. Par amour pour lui, espérant chaque jour qu'il allait changer et que la situation allait s'améliorer. Elle s'était progressivement faite toute petite devant la toute-puissance de mon père. Au fil du temps, il avait réussi à la convaincre qu'elle n'était pas à la hauteur pour notre éducation et que lui seul avait la bonne méthode. Elle n'avait pas mesuré l'ampleur de la situation, mais je dois avouer que je ne lui disais pas grand-chose non plus. Mon père et moi passions la majeure partie de notre temps dans la salle de jeu. Tout ce qui se passait là-bas échappait à ma mère car je ne me plaignais jamais à elle. Aujourd'hui, elle réalisait l'étendue des dégâts et en était terriblement malheureuse. Elle avait tellement espéré avoir une famille idéale, un mari attentionné, un père merveilleux et des enfants heureux ! Et on se retrouvait là, toutes les deux, interrogées dans une pièce sans chaleur de la brigade des mineurs. Dans quelques minutes, je serais placée et je partirais avec ma petite valise. Nous aurions trahi mon père, et elle repartirait seule dans sa voiture, sans moi. Son rêve venait de s'effondrer.

Lorsque nous nous sommes retrouvées dans la salle d'attente, aucune de nous ne parlait. Chacune était enveloppée dans sa torpeur. Tout d'un coup, nous avons senti que quelque chose de grave se passait. Les officiers sont sortis de leur bureau et l'un d'eux est venu verrouiller la porte d'entrée de la brigade. L'un de ses collègues nous a demandé de venir nous asseoir dans une pièce, au fond du couloir, dont il a fermé tous les volets.

« Que se passe-t-il ? demanda Mme Marion.

— Le père de Céline est en route pour la brigade », répondit-il.

Stupeur. Une immense panique nous envahit ma mère et moi. Mon père était censé être en Suisse pour le week-end. Comment avait-il pu revenir si vite ? D'après les policiers, il aurait appelé ma petite sœur, restée à la maison à cause de la varicelle. Elle lui aurait dit que nous étions parties pour la brigade des mineurs.

Nous sommes restées dans cette pièce pendant de longues minutes, remplies d'angoisse. J'imaginais déjà mon père, armé d'un fusil devant la brigade des mineurs, essayant de nous tuer pour nous punir. Je me voyais morte une fois de plus et l'attitude des officiers n'était pas faite pour me rassurer. Le lieutenant-chef de la brigade est venu nous voir. Il nous a expliqué que mon père n'était pas encore arrivé, mais qu'il était préférable de m'évacuer.

La séparation d'avec ma mère, déjà extrêmement douloureuse, fut d'une brutalité terrifiante. Nous n'avons pas eu le temps de nous embrasser. Nous n'avons pas pu nous dire combien nous nous aimions, ni que nous penserions l'une à l'autre. Il fallait partir vite.

Je laissais derrière moi ma mère en larmes et Mme Marion livide.

J'ai suivi le lieutenant dans le parking de la brigade. Il était accompagné d'un collègue. Ils m'ont fait allonger sur le siège arrière de la voiture pour que l'on ne me voie pas. Nous sommes sortis du parking à toute allure pour gagner l'hôpital le plus proche. J'avais l'impression d'être dans un mauvais film américain. D'autant plus qu'en réalité, mon père ne s'était jamais rendu sur les lieux. Il était bien en Suisse, comme nous le pensions ma mère et moi. Il avait eu Marie au téléphone, mais ces portes barricadées, ces volets fermés, cette angoisse supplémentaire, tout avait été provoqué par une mauvaise interprétation de l'appel de mon père à la brigade des mineurs.

21

Placement sous X

Les policiers m'ont emmenée dans le service de pédiatrie. Une chambre m'attendait. Ils ont déposé ma valise sur le lit et m'ont laissée seule et complètement perdue.

Je suis devenue la patiente X de la chambre numéro quatre. Mon nom n'était inscrit nulle part. Tout était remplacé par des X pour que mon père ne puisse pas savoir où j'étais. Le placement était secret sur décision du procureur de la République et faisait suite à une ordonnance de placement provisoire. Finalement, je n'étais pas la seule à avoir peur de mon père et de ses réactions.

Les premiers jours dans le service furent difficiles, mais le personnel était d'une extrême gentillesse avec moi.

Je pleurais beaucoup. Je n'avais aucune nouvelle de ma mère. Aucune nouvelle de Marie et aucune nouvelle de mon père. J'avais très peur qu'il leur soit arrivé quelque chose. Ma mère me manquait terriblement. J'étais désespérée et seule, mais Corinne, l'éducatrice, venait me voir le plus souvent possible pour discuter avec moi, et les aides-soignantes faisaient en sorte de me changer les idées.

Progressivement, je me suis liée d'amitié avec les autres enfants du service qui étaient hospitalisés pour un long moment. Nous formions un petit groupe soudé, toujours ensemble. Le temps semblait s'écouler plus vite à leur côté. Leila était dans la chambre numéro trois. C'était une petite fille de 6 ans atteinte d'une tuberculose osseuse. Elle était emprisonnée jour et nuit dans un corset qui la faisait souffrir, mais ne perdait jamais le sourire. Franck, lui, est arrivé une semaine après moi. C'était un garçon affolé de 9 ans, placé lui aussi sous X. À son arrivée, il passait ses journées roulé en boule dans le placard de sa chambre. Agnès était une adolescente de mon âge, un peu bizarre mais gentille. Elle passait son temps à chercher comment elle pourrait se mutiler. Voir son sang couler la fascinait. Elle nous faisait un peu peur. Enfin, il y avait Thomas, 14 ans, qui était hospitalisé pour sa troisième tentative de suicide. Il avait avalé des médicaments. Nous avions peu de points communs mais nous nous entendions bien.

Nous étions tous raides dingues de la chanson du groupe Manau *La Vallée de Dana* et quand elle passait à la télé nous mettions l'ambiance dans le service. La Coupe du monde de football de 1998 venait également égayer nos journées. Au fur et à mesure des matchs gagnés, nous devenions de vrais fans de l'équipe de France. Nous n'en rations aucun. France-Italie restera à jamais gravé dans ma mémoire. Ce jour-là, en voyant la rencontre à la télévision, j'ai vu Franck rire pour la première fois. Cela peut paraître anodin, mais cet événement sportif m'a aidée à franchir ce terrible cap grâce à la ferveur et à la joie qu'il m'a procurées.

En dehors des matchs, Corinne nous emmenait prendre un peu l'air dans le parc de l'hôpital. Elle organisait des jeux de société, des ateliers peinture, des séances de lecture. J'arrivais peu à peu à me détendre, malgré ma peine.

En raison de mon placement secret, je n'avais pas le droit de sortir seule du service. Je n'avais pas non plus le droit de prendre contact avec ma mère ou Marie. La solitude que l'on m'imposait était injuste et difficilement supportable. J'étouffais. La seule personne qui m'appelait régulièrement était Mme Marion. Grâce à elle, j'avais quelques nouvelles succinctes de ma famille.

Elle m'expliqua que mon père avait été convoqué à la brigade des mineurs. Les policiers avaient également réentendu ma mère. À l'issue de leurs auditions, on leur avait notifié leur garde à vue à tous les deux. Il y avait cependant un problème. Marie, qui n'avait que 11 ans à l'époque, était clouée au lit avec la varicelle. Il était impossible de la laisser seule à la maison. Deux policiers avaient été chargés de la récupérer afin qu'elle soit placée en foyer le temps que la garde à vue de ma mère ou de mon père se termine. Lorsqu'ils sont arrivés devant la maison, Haydn a aboyé de toutes ses forces. Ils ont eu beau sonner, Marie n'a pas répondu. Ils sont donc repartis sans elle et ont dû lever la garde à vue de ma mère, afin qu'elle puisse rentrer s'en occuper.

Lors de son audition, mon père nia totalement les faits. D'accord je faisais beaucoup de piano, mais c'est parce que j'étais extrêmement douée. Il ne me frappait pas, ou rarement, et toujours en faisant attention à ce que la ceinture ne me fasse pas trop mal. Son geste était prétendument contrôlé. Si j'étais si maigre, c'est que je n'avais pas supporté notre déménagement en région parisienne. J'étais très déprimée, selon lui, de ne plus voir mes amis. Il avait une explication pour chaque chose.

Malgré les constats de coups qu'ils avaient en leur possession, et les auditions de ma mère confirmant mes dires, une confrontation entre mon père et moi dut être organisée. Elle devait avoir lieu avant la fin de sa garde à vue. Je ne m'attendais pas du tout à une telle épreuve. Je ne savais d'ailleurs même pas ce que c'était jusqu'à ce que la psychologue du service vienne m'en parler. Elle m'expliqua un peu comment les choses allaient se passer, pour que je ne sois pas trop choquée une fois sur place. Au lieu d'avoir un effet apaisant, cette discussion m'affola. J'avais peur de me retrouver face à lui. Peur qu'il ne se mette en colère. Peur qu'il ne se jette sur moi et me tue. J'imaginais le pire.

Le lendemain en début d'après-midi, deux officiers de police vinrent me chercher pour m'emmener de nouveau à la brigade. Sur place, je retrouvais le lieutenant-chef que j'avais vu la première fois. Il me fit entrer dans une pièce où se trouvaient deux bureaux qui se tournaient le dos. L'un, face à la fenêtre, et l'autre, près de la porte. Je me suis assise sur ses indications de manière à tourner le dos à la porte. L'angoisse était à son paroxysme. Le lieutenant s'est accroupi pour être à ma hauteur et m'a expliqué ce qu'il allait se passer.

« Céline, nous allons faire venir ton père. Il va s'asseoir sur la chaise qui est derrière toi de manière à ce que tu ne sois pas obligée de le regarder si tu ne le souhaites pas. Il ne pourra pas te toucher car je resterai entre vous deux. Je relirai ta déclaration en m'arrêtant de temps en temps pour te demander si tu confirmes tes dires. Je demanderai également à ton père de s'expliquer sur les faits que tu dénonces. Tu as bien compris ? »

J'avais compris, mais j'avais peur que les choses ne dérapent. Personne ne m'avait protégée jusqu'à maintenant. Pourquoi cela changerait ? Après quelques minutes d'attente, j'ai entendu dans le couloir des bruits de pas, puis de menottes. J'ai compris qu'il s'agissait de mon père. Il avait dormi pour la première fois de sa vie dans une cellule. Lorsqu'il est entré dans la pièce, je n'ai pu m'empêcher de me retourner furtivement pour le voir. On lui avait enlevé sa cravate et retiré ses chaussures. Il avait l'air livide. J'étais écrasée par la culpabilité. Il s'est assis derrière moi, à l'autre bureau. Il ne voyait que mon dos. Moi, je regardais la fenêtre en priant pour que cette confrontation se passe vite. J'avais du mal à respirer. L'ambiance était électrique.

Le lieutenant-chef s'est effectivement mis debout entre nous deux et a commencé à lire ma première audition. Réentendre ma déclaration dans la bouche de quelqu'un d'autre était un supplice. J'avais honte de moi. Je revivais chaque instant décrit. Le policier s'arrêtait de temps en temps pour demander sèchement à mon père si ce que je disais était vrai.

« Alors, monsieur Raphaël, vous croyez que votre fille ment sur tout cela ? Vous la voyez votre fille ?

Regardez comme elle est mal. Vous pensez qu'elle pourrait être dans cet état si rien ne s'était jamais passé ?

— Je maintiens mes déclarations, se bornait à dire mon père.

— Monsieur, je continue de lire les déclarations de votre fille : "Mon père me frappait régulièrement avec la ceinture, dans le dos et sur les cuisses. Il me demandait de me déshabiller. Il me frappait aussi avec une pantoufle qui avait le dessous en plastique dur…" Quel père fait cela à son enfant, monsieur Raphaël ?

— Je maintiens mes déclarations.

— Et vous pensez que votre fille s'est infligé elle-même les coups qui sont décrits dans les nombreux constats que nous avons à notre disposition ?

— Écoutez, il m'est arrivé de donner quelques petites tapes à Céline. Elle est en pleine période d'adolescence et a tendance à me répondre. Je fais toujours attention à ne pas lui faire mal. Le problème, c'est qu'elle marque très vite. »

J'étais six pieds sous terre. Il niait tout en bloc. C'était très difficile à entendre. Une partie de moi était en colère devant tant de déni. L'autre partie avait terriblement peur des sanctions qui pourraient lui être imposées si les choses allaient plus loin. Malgré tout, je n'avais pas menti et je confirmais chacune de mes déclarations.

Ce huis clos devenait de plus en plus insupportable pour moi. La présence du lieutenant ne me rassurait pas et je craignais à tout moment une attaque de mon père. Un coup de folie. Je me sentais comme un animal traqué et piégé. Tout d'un coup, j'ai commencé à voir flou. J'étais en sueur. Je me suis sentie partir et j'ai fait un malaise. Le lieutenant a alors abrégé mon calvaire en mettant un terme à la confrontation. Il a demandé à mon père de se lever en premier.

« Vous n'avez rien à dire à votre fille ?

— Non. »

Lorsqu'il est sorti de la pièce, j'ai de nouveau entendu le bruit des menottes et je l'ai entendu s'éloigner accompagné d'un policier.

22

Famille d'accueil

Je suis restée pratiquement trois mois dans le service de pédiatrie. Je m'y sentais de mieux en mieux. Si Agnès et Thomas avaient quitté l'hôpital depuis longtemps, Franck et Leila étaient toujours à mes côtés. Nous étions devenus de vrais amis malgré nos différences d'âge.

Mme Marion ne m'avait pas laissée tomber. Elle m'appelait régulièrement pour me remonter le moral. Elle était mon seul lien avec l'extérieur.

Pendant tout le temps passé à l'hôpital, je n'avais pu téléphoner à ma mère qu'une seule fois. En cachette. Elle m'avait rassurée sur son état et celui de Marie et m'avait raconté comment les choses se passaient à la maison. Après la confrontation, la garde à vue de mon père avait été levée, et il avait été laissé libre sous contrôle judiciaire. Il avait immédiatement pris un avocat dans le but unique de me récupérer. Il était persuadé d'être victime d'une erreur judiciaire, sans m'en tenir responsable. D'après lui, Mme Marion et les services sociaux avaient profité de ma fragilité pour me mettre dans la tête toutes les choses que j'avais racontées lors de mon audition. Il n'avait qu'un seul objectif : me récupérer.

Un matin du mois de juillet, on frappa à la porte de ma chambre.

Je me suis alors retrouvée face à une femme brune aux cheveux mi-longs, d'une quarantaine d'années, petit attaché-case à la main.

« Bonjour Céline, je suis Mme Borno, ton assistante sociale, de l'Aide sociale à l'enfance (ASE). Je viens te chercher. Je t'emmène dans ta famille d'accueil. »

J'en suis restée bouche bée quelques secondes, puis je me suis mise à pleurer. J'avais enfin réussi à m'adapter à ce service. J'y étais sereine. Je m'étais fait des amis. Et elle débarquait, sortant de nulle part, pour venir encore une fois tout chambouler dans ma vie. Je ne voulais pas partir d'ici. J'ai fait semblant d'aller aux toilettes et m'y suis enfermée. Je ne voulais pas aller en famille d'accueil. Je voulais aller chez Christine. Mme Marion me l'avait promis.

Alertés, les médecins du service discutèrent un moment avec Mme Borno. Il fut convenu qu'elle laisse à l'équipe soignante un peu de temps pour me préparer au départ. Elle devait revenir dans trois jours.

Trois jours plus tard, je fis mes adieux à tout le monde et quittai le service la mort dans l'âme. Je ne savais pas du tout ce qui m'attendait ensuite. J'étais extrêmement triste de ne pas aller chez ma tante comme j'avais pu le penser au départ.

Après une heure de trajet en voiture, nous sommes arrivées dans une cité peu accueillante à l'ouest de Paris. Une fois la voiture garée, nous avons traversé une barre d'immeubles en mauvais état avant de pénétrer dans un petit hall sombre, tagué dans les moindres recoins.

Les boîtes aux lettres étaient cassées pour la plupart, et les escaliers étaient sales. Il manquait la moitié des ampoules au plafond. Tout cela rendait l'ensemble assez glauque.

Mme Borno sonna à l'une des quatre portes du palier du troisième étage. Une dame portant le voile vint ouvrir. Mme Borno me présenta alors Mme Mahmoudi. C'était une femme d'une quarantaine d'années, assez forte, qui m'accueillit avec un large sourire mais une certaine retenue. Beaucoup plus à l'aise, ses filles jumelles de 16 ans se présentèrent spontanément à moi.

Les présentations à peine terminées, Mme Borno tourna les talons. Elle me planta au milieu du salon, ma valise à la main. Elle ne m'avait pas dit quand elle reviendrait me chercher. Elle ne m'avait pas laissé un numéro de téléphone au cas où. Elle était partie aussi vite qu'elle était venue.

Sans attendre, une des filles de Mme Mahmoudi me fit visiter l'appartement et me montra mon lit. J'allais partager sa chambre.

L'appartement était très petit mais convivial, avec un salon magnifiquement décoré. Il y avait un grand canapé d'angle et de beaux tapis au sol. Au centre, se trouvait une petite table basse autour de laquelle la famille se réunissait pour partager un tajine au déjeuner ou au dîner.

Même si ces gens étaient accueillants, les journées étaient terriblement longues.

Je n'avais pas le droit de mettre le nez dehors sur ordre de Mme Borno. Elle craignait apparemment que je cherche à voir mes parents alors que le placement restait secret. Je supportais difficilement cet enfermement. L'appartement était une vraie fournaise vu les trente degrés qu'il faisait à l'extérieur. J'avais l'impression d'être une fois de plus en prison. Je passais mes journées à lire ou à regarder la télévision. Là encore, heureusement qu'il y avait la Coupe du monde de football pour m'évader.

Les jumelles n'étaient pas souvent là. Leur père non plus. Je restais le plus souvent seule avec Mme Mahmoudi et le petit garçon de 5 ans qu'elle gardait certains jours de la semaine. Elle parlait peu le français, ce qui compliquait énormément la communication entre nous. Il n'y avait que les appels téléphoniques de ma tante Christine pour m'arracher à ma solitude. Elle m'encourageait à garder le moral et l'espoir d'être bientôt chez elle.

Au fur et à mesure que les jours passaient, j'essayais de m'intégrer dans cette nouvelle famille. Après tout, je ne savais pas du tout combien de temps j'allais y rester. Je me suis peu à peu liée avec Mme Mahmoudi. Elle était insomniaque et restait de longues heures devant la télévision le soir. Elle regardait les chaînes arabes. Même si je n'y comprenais rien, je prenais plaisir à venir m'asseoir à côté d'elle. Nous essayions de discuter un peu avec les mots et les gestes. Je lui avais demandé de m'apprendre l'alphabet arabe ainsi que quelques mots utiles. Elle le faisait avec plaisir. Lorsqu'elle cuisinait des recettes traditionnelles comme le pain ou le tajine, elle m'appelait pour que je vienne apprendre avec elle. Par sa gentillesse, elle rendait mon séjour plus supportable.

Au cours de mon séjour chez les Mahmoudi, je découvris que j'avais désormais une avocate, Me Benoit, spécialisée dans la défense d'enfants. Elle avait été nommée d'office et devait être à mes côtés à chaque audience avec le juge des enfants.

Mme Borno, qui avait dû se rappeler que j'existais, était revenue frapper à la porte à la fin du mois d'août. Elle devait m'emmener au tribunal de grande instance afin que je rencontre la juge pour la première fois.

L'objet de ma rencontre avec Mme Botani était la reconduction de mon placement, la persistance du secret et le maintien de l'interdiction des droits de visite et d'hébergement pour mes deux parents. Pour moi, le coup était dur à encaisser. Il n'était visiblement pas question que je puisse revoir ma mère ou même l'appeler. Il était encore plus improbable que je puisse partir vivre chez Christine. J'étais terriblement déçue. Si, à la maison, j'étais le pantin de mon père, je me trouvais désormais prise dans une machine judiciaire pour laquelle je n'étais qu'un numéro de dossier traité en temps utile. Mes sentiments et mes désirs ne rentraient absolument pas dans les critères de discussion.

Peu avant la rentrée scolaire, Mme Borno se présenta pour la troisième fois à la porte des Mahmoudi. Aussi brutalement qu'elle l'avait fait à l'hôpital, elle venait me chercher pour m'emmener définitivement ailleurs. Toujours sans me dire où. Ma valise préparée et mes adieux faits à Mme Mahmoudi, nous reprenions la route.

23

Le foyer des enfants

Dans la voiture, Mme Borno m'expliqua qu'elle me conduisait dans un service d'accueil d'urgence appelé le « foyer des enfants ». C'était un endroit où l'on pouvait rester jusqu'à neuf mois et qui n'accueillait pas plus de huit enfants à la fois. Il se trouvait dans une petite résidence coquette située à quelques kilomètres de l'appartement des Mahmoudi. Vue de l'extérieur, la maison ne se distinguait en rien des autres. Son intérieur aurait pu être celui d'une famille avec enfants. Le seul détail qui ramenait à la réalité était un cadre accroché dans le salon. On pouvait y voir la photo de chaque éducateur ainsi qu'un tableau récapitulatif de leurs jours de présence.

Au moment de notre arrivée, l'éducatrice, Sophie, s'apprêtait à aller chercher les enfants au centre aéré. Les présentations furent rapides. À peine le temps de déposer ma valise dans ma nouvelle chambre et je dus partir avec elle en camionnette. Mme Borno s'était déjà éclipsée.

Le premier dîner fut l'occasion pour moi de faire un peu plus connaissance avec les autres enfants, ainsi qu'avec Anne, une autre éducatrice, qui était de garde pour la nuit. Elle travaillait au foyer depuis des années. Assez froide au premier abord, elle ne se laissait pas marcher sur les pieds. Sous cette carapace, je découvris progressivement une femme douce et attentive à chacun d'entre nous.

Parmi les enfants, se trouvaient Bertrand, 9 ans, Kevin, 10 ans, Christelle, 16 ans et sa petite sœur, Julie, 4 ans. Leur accueil fut très chaleureux.

Il était prévu que je dorme dans la chambre de Christelle et de Julie. Nous nous sommes tout de suite bien entendues. Christelle était contente de pouvoir parler à quelqu'un de son âge. Moi, j'étais soulagée de ne pas être seule.

Il restait encore trois semaines de vacances d'été lorsque j'ai emménagé dans ce foyer. Les éducateurs comptaient visiblement en profiter pour ne pas trop nous avoir sur le dos. Ils m'ont donc inscrite, comme tous les autres, et bien malgré moi, au centre aéré. J'allais rentrer en première S et me suis retrouvée à jouer au facteur et à la marelle, dès le lundi matin, avec Bertrand, Kevin et d'autres enfants de 10 ans. Christelle n'était pas là pour me tenir compagnie car elle était en stage dans une boutique de prêt-à-porter. Les deux jours de bivouac forcés en pleine forêt mirent un terme à cette plaisanterie, quelques jours avant la rentrée scolaire.

Je ne pouvais pas retourner dans mon ancien lycée. Je fis donc ma rentrée en première S au lycée Poincaré. Il se trouvait à une dizaine de minutes à vélo du foyer des enfants. J'étais donc autonome pour m'y rendre. Pour la première fois depuis le mois d'avril je retrouvais une certaine liberté.

L'année scolaire s'annonçait bien. J'avais de très bons professeurs et me fis rapidement une bonne amie, Sandrine. Au début, j'avais évité de parler à qui que ce soit de ma situation de peur d'être cataloguée « enfant de la DDASS ». Mes professeurs devaient être au courant mais ils ne me traitaient pas différemment des autres élèves. J'étais consciencieuse et j'avais de très bonnes notes partout. Malgré tous mes soucis extérieurs, je passais de bons moments en cours. Sandrine y était pour beaucoup. C'était une fille pleine d'humour avec qui je ne m'ennuyais pas. Sébastien, Anne, Claire, Laurent, Agnès et Guillaume se joignirent à notre duo. Nous formions ensemble un petit groupe soudé. Auprès d'eux, j'étais une élève normale et parfaitement heureuse. Nous avions une relation particulière et amicale avec nos professeurs car nous faisions tous partie du groupe de tête dans la classe. Il y avait entre nous une petite compétition qui nous motivait pour progresser.

Au foyer, Bertrand et Kevin retournèrent dans leur famille au début de l'année scolaire et furent remplacés par Shyrine et Mamadou.

Shyrine était une petite fille de 10 ans, placée en raison de la précarité de son père qui l'élevait seul. Elle retournait néanmoins chez elle tous les week-ends. Mamadou, 11 ans, et sa mère étaient arrivés clandestinement en France, fuyant la guerre en République démocratique du Congo. Mamadou en portait d'ailleurs les stigmates. Il faisait de nombreux cauchemars et portait des cicatrices d'impacts de balles au niveau des jambes. La mère de Mamadou avait rapidement pu obtenir des papiers, mais ne trouvait pas de travail. Elle vivait avec son fils dans des conditions très insalubres. Elle avait demandé aux services sociaux le placement de Mamadou, le temps pour elle de trouver un emploi et un appartement décent pour l'accueillir.

Christelle et Julie étaient toujours là. Elles avaient été retirées à leur père, mis en examen pour agressions sexuelles. Christelle avait été sa première victime depuis son plus jeune âge. Il avait pris l'habitude de lui donner des anxiolytiques pour l'abrutir et la rendre docile afin de lui faire subir des attouchements sexuels, puis des viols. Elle avait vécu toute son enfance avec ce lourd secret. Quand elle s'était rendu compte que son père commençait à infliger les mêmes sévices à sa petite sœur, elle avait eu le courage de le dénoncer pour la sauver. C'était une fille très forte de caractère. Personne ne pouvait se douter de son terrible vécu, tant elle donnait le change. Toujours souriante, un peu rebelle, elle menait à bien un CAP dans la vente. Son diplôme en poche, elle espérait trouver rapidement un emploi. Elle pourrait ainsi subvenir aux besoins de sa petite sœur dont elle souhaitait être la tutrice à sa majorité.

Julie, qui avait 4 ans, paraissait plus atteinte psychologiquement par les agressions de leur père. C'était une petite fille qui ne parlait pas et qui maltraitait ses poupées, surtout au niveau des parties génitales. Pourtant, malgré les dénonciations de Christelle et les troubles de Julie, un juge avait accordé au père un droit d'hébergement pour ses deux filles, chaque week-end. Cette décision ne semblait déranger personne. En tout cas, personne ne s'en insurgeait.

Depuis que j'étais partie de la maison, j'entendais sans cesse des critiques sur ma mère. Elle n'avait pas divorcé. Elle avait laissé faire. Elle ne m'avait pas protégée. Mme Borno lui avait même dit un jour, alors que ma mère cherchait à connaître mon adresse : « Nous au moins, on ne la bat pas. »

Pourtant, dans ce « foyer des enfants », je ne me sentais pas plus en sécurité. J'avais l'impression que les éducateurs étaient là pour faire leurs heures. Pas pour nous aider à aller mieux. À part quelques éducateurs d'expérience et dévoués, les autres étaient bien incapables de s'occuper de nous. Aïda faisait partie des éducateurs qui s'occupaient d'abord d'eux-mêmes avant de s'occuper de nous. Je ne peux pas dire qu'elle n'était pas gentille avec moi. Nous passions d'ailleurs de bons moments à nous raconter des histoires drôles, mais tout cela n'allait pas plus loin. Nos rapports restaient très superficiels. Une nuit, alors qu'elle était de garde, j'ai entendu un bruit d'explosion dans la cave. Je suis descendue voir ce qu'il s'était passé. La chaudière faisait un bruit terrible. Je suis remontée en quatrième vitesse réveiller Aïda.

« Aïda, réveille-toi. Il faut sortir de la maison et appeler les pompiers. La chaudière va exploser. »

Je la tirais visiblement d'un sommeil très profond.

« Mais non, ce n'est rien. Ne t'inquiète pas. Retourne te coucher.

— D'accord, si tu ne veux pas te lever, je les appelle moi-même. »

Je me suis dirigée vers le téléphone du salon et j'ai appelé la caserne proche de chez nous. Le pompier que j'ai eu au téléphone m'a dit de faire évacuer tout le monde avant qu'ils n'arrivent. Finalement, après cet appel, Aïda s'est décidée à entendre raison. Nous nous sommes donc tous retrouvés dehors en pleine nuit et en pyjama, pendant que les pompiers inspectaient la cave. Ils mirent la chaudière hors d'état de nuire. D'après eux, dix minutes, plus tard, elle explosait et mettait le feu à la maison.

Personne n'essaya de me venir en aide par rapport à mon anorexie. À cette époque, j'avais banni tout ce qui comportait de la graisse sous n'importe quelle forme ou du sucre, afin de perdre toujours plus de poids. J'avais de plus en plus de mal à manger. Pourtant, je n'étais pas encore dans un état de restriction alimentaire trop sévère. Il aurait suffi de peu d'efforts de la part des éducateurs pour arrêter ce processus destructeur. Aucun ne s'en préoccupait. Le petit déjeuner avec sa tartine de beurre et de confiture était le seul moment où j'aurais encore pris plaisir à manger. Mais au foyer, c'était soit beurre, soit confiture. Certainement pas les deux. Par économie. C'est donc le ventre vide que je partais désormais au lycée.

En revanche, faire des économies n'était visiblement pas le souci d'Aïda. Le vendredi soir, lorsqu'elle était de garde, elle nous emmenait, Mamadou et moi, faire la tournée des fast-foods. Un peu pour nous, beaucoup pour elle. Le premier arrêt était dédié au kebab. Petit détour par le McDonald's où Aïda se prenait ensuite un menu burger à emporter. Enfin, passage par la pizzeria et achat d'une pizza, avec la deuxième gratuite. Le coffre rempli de victuailles aux frais de la princesse, nous rentrions au foyer. Aïda s'installait alors à la table du salon pour s'empiffrer devant un bon film. Mamadou était ravi. De nous deux, il était bien le seul.

Les soirs de semaine, il était impensable pour les éducateurs de me faire quelques légumes au lieu des pâtes ou des frites préparées pour les autres. Cela leur aurait fait perdre trop de temps et n'aurait pas collé avec la politique de la maison. Tout le monde devait être logé à la même enseigne. Impossible également de ne pas finir son assiette sous peine de devoir rester à table un long moment. Je me suis donc mise à vomir après chaque repas, dans l'indifférence générale, ne pouvant supporter une telle quantité de nourriture.

Outre le peu d'implication dont la plupart faisaient preuve, tous avaient de nombreux a priori en général, et sur moi en particulier. Une majorité des enfants qu'ils hébergeaient étaient issus de familles défavorisées. Ils étaient quasiment tous en échec scolaire et avaient de gros troubles du comportement. Mon profil ne collait pas. Je n'étais ni rebelle ni agressive. J'avais beaucoup d'amis et je faisais partie des têtes de classe, avec un an d'avance. Pour ne rien arranger, mon père était directeur industriel. Pour eux, l'équation était vite faite. Il était impossible que j'aie subi les graves maltraitances que je dénonçais. J'avais forcément menti. Une adolescente en mal de liberté, et ingrate par-dessus le marché. J'ai même carrément été étiquetée « mythomane » à la suite d'une de leurs réunions.

En effet, un soir, Anne est arrivée pour prendre sa garde avec quelques affaires personnelles à repasser. Je lui ai proposé de le faire en lui disant que je repassais parfois pour Aïda qui me donnait dix francs pour l'occasion. Cela me faisait un peu d'argent de poche et me passait le temps. Elle me répondit que je n'étais pas là pour faire cela, et qu'elle s'en occuperait une fois que nous serions couchés. Quelques jours plus tard, lors de la réunion hebdomadaire entre la directrice et les éducateurs, Anne reparla de cet épisode. Aïda, qui devait se sentir gênée, nia farouchement. Sa parole n'étant pas remise en doute par ses collègues, je devins depuis ce jour-là une jeune manipulatrice dont il convenait de se méfier. Jusqu'à présent, j'avais l'autorisation de partir quelques heures à vélo pour aller faire un tour au centre commercial. Après cette réunion, cette liberté me fut retirée. Les éducateurs s'étaient mis en tête que je profitais de ces escapades pour voir mon père en douce.

Depuis mon arrivée dans ce foyer, au lieu de remonter la pente, j'étais en train de sombrer. En partant de chez moi, j'avais l'espoir de me retrouver dans un environnement bienveillant et protecteur. Naïvement, je pensais que ce lieu idéal se trouverait chez ma tante Christine. À la place, je m'étais retrouvée dans ce foyer où je n'avais rencontré qu'indifférence et routine. La fonction d'éducateur se confondait ici avec du gardiennage qui ne faisait que peu de cas de notre personnalité et de l'histoire de chacun.

24

Le procès

À partir du mois d'octobre, l'absence totale de contact avec ma mère et Marie est devenue difficile à supporter. Elles me manquaient terriblement. Si mes amis m'entouraient beaucoup, ils n'arrivaient pas à me faire oublier l'immense solitude dans laquelle je me trouvais plongée. Mme Marion m'appelait moins car, pour elle aussi, le travail avait repris. J'étais entrée dans une période de franche dépression et ne devais mon salut qu'à Christine qui me parlait chaque soir de longues minutes au téléphone. Elle pensait à moi et son coup de fil quotidien était une bouffée d'oxygène.

Chaque matin, dès que j'ouvrais l'œil, je ne pensais qu'à une chose. J'attendais la récréation de dix heures pour appeler ma mère depuis la cabine téléphonique. Je n'en avais pas le droit mais j'avais dérogé à cette règle cruelle fin septembre car je ne tenais plus. Dès que la cloche sonnait, je me précipitais dans l'escalier du grand hall pour être la première à la cabine. Si elle était occupée, je me mettais à pleurer de manière incontrôlable. Ma mère attendait mon coup de téléphone chaque matin et faisait tout ce qu'elle pouvait pour me rassurer et me remonter le moral. Cet appel de dix heures était devenu plus que vital pour moi. Je n'arrivais plus à gérer la situation. J'avais l'impression de sombrer.

Rapidement, lui parler dix minutes au téléphone ne fut plus suffisant. Nous avons alors enfreint la loi en décidant de nous voir. Ma mère risquait beaucoup plus que moi. Notamment des sanctions judiciaires. Se sentant impuissante devant ma profonde tristesse, elle commença à venir en cachette tous les midis afin de déjeuner avec moi. Notre planque était un petit boui-boui près du lycée où elle me rejoignait chaque jour. Elle savait désormais où j'habitais, mais avait promis de ne rien dire à mon père.

Curieusement, j'avais l'impression de supporter beaucoup plus mal la solitude, qui me rongeait à ce moment-là, que la violence quotidienne de mon père. Les coups, les humiliations étaient devenus tellement routiniers que je m'y étais habituée peu à peu. La brutalité de la séparation avec ma mère m'avait laissée totalement désemparée.

Vers la mi-octobre, Corinne, la directrice du foyer, m'apprit qu'un procès allait avoir lieu concernant mon affaire. Ce fut un autre choc auquel je n'avais pas du tout été préparée. En partant du lycée ce vendredi matin d'avril avec ma mère, Mme Marion, et ma petite valise, je n'imaginais pas un seul instant que les choses tourneraient ainsi. Je me rappelais des petits mots que m'avaient écrits les élèves et les professeurs de ma classe de seconde après mon départ. Mme Marion me les avait apportés à l'hôpital. Tous pensaient comme moi que je quittais ma famille pour une vie meilleure chez ma tante Christine. Ma professeure de français, qui avait donné l'alerte concernant ma situation, m'écrivait : « Je te souhaite beaucoup de bonheur, d'apaisement dans ce nouveau cadre et espère te retrouver saine et heureuse. » Mme Lenar, ma professeure d'anglais, me souhaitait quant à elle « plein de bonheur pour l'année à venir, et du soleil dans la vie ». J'étais bien loin de ce bonheur tant souhaité et de cet apaisement. Je me sentais seule et perdue mais je n'avais pas le choix. La machine judiciaire une fois lancée fait bien peu cas de nos sentiments personnels. Il fallait que j'assume et que j'avance coûte que coûte, comme je l'avais toujours fait.

Quelques jours avant le début du procès, Mme Borno m'appela pour me donner le nom de l'avocate qui serait chargée de me représenter. Elle m'expliqua qu'il serait bien que je la rencontre avant afin qu'elle connaisse mieux mon dossier. J'appelai donc Me Lebras dans la journée afin de prendre rendez-vous avec elle. Son bureau se trouvait à Versailles.

Ni Mme Borno ni les éducateurs n'avaient prévu de m'y conduire. Je dus une fois de plus me débrouiller toute seule. Il fallait que je prenne un bus, puis le RER, et encore un autre bus pour arriver jusque chez elle.

Lorsque je sonnai à la porte, je me retrouvai face à une femme grande, mince et souriante. Notre entretien fut bref. Elle avait l'air débordée. Difficile dans le temps imparti de lui raconter ma vie. De toute façon, je n'avais pas voulu ce procès. En acceptant le signalement, je voulais juste partir de chez moi et pouvoir vivre en paix. Je ne pensais pas conduire mon père en prison. Je n'allais donc pas donner trop d'éléments à Me Lebras. Elle n'avait qu'à lire mon dossier.

Un mardi matin du mois de novembre, Mme Borno fit l'effort de venir me chercher afin de m'emmener au tribunal de grande instance.

Le jour du procès était arrivé.

J'étais dans tous mes états. Je n'avais pas dormi depuis une semaine. J'avais tellement peur que mon esprit s'était comme déconnecté. J'étais ailleurs. Je montais dans sa voiture sans un mot. L'oppression que je ressentais au niveau de ma poitrine m'empêchait de parler. J'avais très peur de croiser mes parents. J'avais peur de voir mon père. Peur d'affronter le regard de ma mère. Je me sentais terriblement coupable de leur infliger cela. J'aurais tout donné pour revenir en arrière.

Quand nous sommes arrivées près du tribunal, ma pire crainte se réalisa. Nous nous sommes retrouvées au feu rouge derrière la voiture de mes parents. Je fus prise d'une crise d'angoisse violente à tel point que je fis peur à Mme Borno. Elle contourna leur voiture et grilla le feu pour nous extraire de cette situation. J'avais le souffle coupé.

Au tribunal, j'ai retrouvé Me Lebras dans le hall. Elle m'a expliqué comment cela allait se passer. J'ai surtout retenu qu'à l'entrée du tribunal dans la salle d'audience, je devrais me lever et que, quand le juge s'adresserait à moi, il faudrait que je me lève également.

En entrant dans le prétoire, je ne pensais qu'à une chose. Je ne voulais pas que mon père aille en prison. Je ne voulais pas être responsable de sa déchéance. Je ne voulais pas imposer cela à ma mère. J'avais peur qu'elle ne me le pardonne pas.

Je fus stupéfaite de voir qu'il y avait du public. Beaucoup de curieux. Les gens vont au tribunal comme ils vont au cinéma. Pour passer l'après-midi. Ils ne se rendent pas compte de la honte supplémentaire que leur présence engendre. Il y avait également des étudiants en droit ainsi que d'autres familles convoquées, coupables et victimes mélangées. Dans ce public, il y avait aussi ma mère. En larmes.

Sur le banc des accusés se tenait mon père. Il semblait avoir maigri. Un jeune et dynamique avocat était à ses côtés. Face à moi se trouvaient une juge et deux assesseurs et, sur ma gauche, la procureure de la République.

Le coup de marteau de la juge qui présidait donna le coup d'envoi des hostilités.

J'étais incapable d'écouter quoi que ce soit. Je n'arrivais à intégrer que quelques bribes des conversations. J'étais dans un état second. Hors de mon corps. Cette épreuve était trop violente pour moi. Je n'arrivais pas à l'affronter. À un moment donné, mon avocate me posa la main sur le dos, en me faisant signe de me lever. Visiblement, la juge m'avait posé une question. Je n'avais rien entendu. Dans un effort, je me suis redressée en baissant les yeux. Je tremblais de tout mon corps. Impossible de faire sortir un son de ma bouche. Je me suis rassise aussitôt.

Je ne sais pas combien de temps cette audience a duré. Je suis revenue à moi lorsque l'avocat de mon père a pris la parole pour la dernière fois. Il a parlé de l'enfance difficile de mon père.

« Le père de mon client était sévère mais juste », a-t-il dit.

Il a parlé de la volonté de mon père de faire de moi une pianiste prodige. Il expliquait qu'il avait dérapé en croyant bien faire. La procureure de la République prit ensuite la parole. Elle était ferme et très sèche à l'égard de mon père. J'avais honte pour lui.

« Monsieur, vous êtes un minable et je requiers la peine de deux ans de prison ferme assortie d'une obligation de soins de cinq ans, ainsi que le retrait de l'autorité parentale. »

Au deuxième coup de marteau, tout le monde s'est levé pour sortir de la salle d'audience. Le tribunal se retirait pour délibérer. Me Lebras m'a demandé si je souhaitais attendre dans le hall ou si je voulais rester seule. La réponse était évidente. Je fus évacuée dans une petite salle à l'écart. J'imaginais ma mère et mon père livrés à la vindicte populaire dans ce hall du tribunal, seuls au milieu de tous, dévisagés et haïs. J'avais honte de moi.

Mon père fut reconnu coupable de violences habituelles sur mineur de moins de quinze ans et de violences aggravées. Il écopa de deux ans de prison avec sursis, deux ans de mise à l'épreuve et trois ans d'injonction de soins.

J'étais soulagée de ce verdict. Je n'aurais pas à porter sur mes épaules la responsabilité d'une éventuelle incarcération, j'étais même sereine pour la première fois. Je venais d'être officiellement reconnue comme victime et lui comme coupable. Personne ne pourrait jamais m'enlever cela. C'était désormais écrit noir sur blanc. Plus personne ne pourrait nier ce que j'avais enduré, même pas mon père. Cette reconnaissance était une délivrance.

25

Droits de visite

Peu de temps après le procès, une nouvelle audience fut organisée avec la juge, Mme Botani. Ma mère et mon père étaient également convoqués, accompagnés de leur avocat. J'appréhendais cette rencontre. J'avais peur que ma mère ne m'embrasse pas, ou refuse de me parler. J'étais effrayée à l'idée de croiser le regard de mon père. Lorsque ma mère m'aperçut, mes craintes s'envolèrent instantanément. Elle se précipita vers moi en larmes et me serra dans ses bras.

« Tu m'en veux ? lui demandai-je.

— Bien sûr que non ma biche, je ne t'en veux pas. Tout ça n'est pas de ta faute. Tu nous manques à papa et à moi », me répondit-elle.

Elle me tendit une lettre que ma sœur m'avait écrite après mon départ.

« Comment te dire. C'est tellement vide. Je ne sais pas quel parti prendre, alors je n'en prends pas. Papa est bizarre. J'ai l'impression qu'il essaye de m'acheter pour que je te fasse revenir. À chaque fois que tu appelles et que maman le lui rapporte, il me pose des tas de questions du genre : "De quoi avez-vous parlé ?" Je ne sais pas si c'est toi qui as raison ou si c'est papa.

Quand il a écrit au juge, il s'est trouvé des tas de raisons comme : "Elle est douée mais désordonnée…". Je ne sais pas quoi penser. Juste que tu me manques. Tu nous manques. Mais si tu ne veux pas rentrer, alors… ne rentre pas. »

Voir ma mère dans cet état, et lire la souffrance de Marie, c'était un déchirement. Je culpabilisais énormément. J'avais l'impression de les avoir trahis. D'avoir quitté le navire en les laissant à bord. Mais que faire ? Demander au juge de rentrer chez moi ? Mais que se passerait-il alors ? Certes, elles seraient apaisées de m'avoir retrouvée, mais moi ? Devrais-je recommencer à vivre tout ce que j'avais déjà vécu ? Malgré toute ma peine, il fallait que je tienne bon. Si le foyer des enfants n'était pas la panacée, je n'étais pas battue. Je devais lutter contre une solitude pesante, mais je n'avais plus peur de mourir. Tout doucement, j'apprenais à vivre sans être aux aguets en permanence. Je ne sursautais plus au moindre bruit. Je ne voulais pour rien au monde retourner dans mon enfer passé.

Mon père, lui, ne me semblait pas avoir changé.

« Bonjour Chiquita », me dit-il, avec un petit sourire narquois. Je n'aimais pas ce surnom. Il me le donnait cependant quelquefois, lorsqu'il était de bonne humeur. Je n'y voyais que moquerie.

« Salut », ne trouvais-je qu'à lui répondre.

Je baissais les yeux, n'osant le regarder en face. Il donnait l'impression d'avoir rendez-vous avec mes professeurs pour un conseil de classe. Rien dans son attitude ne laissait transparaître la gravité de notre situation. J'avais l'impression qu'il avait déjà oublié qu'il y avait eu un procès quelques semaines plus tôt, et qu'il avait été jugé coupable. L'histoire se répétait et mon départ ne lui avait visiblement pas ouvert les yeux. Tout comme il s'était persuadé que son père ne l'avait jamais frappé, il était convaincu que mon placement et le procès n'étaient que quiproquos.

Pendant l'audience, il expliqua à la juge qu'il souhaitait me voir rentrer au plus vite afin de reprendre une vie de famille normale et équilibrée. Sans piano, si tel était mon désir.

« Madame la juge, ma fille a 14 ans. Elle est en pleine adolescence. Et une adolescence un peu difficile qui plus est. Elle me répond, elle est désordonnée… C'est vrai que je lui laissais auparavant peu de liberté. Elle est très douée pour le piano, et je ne voulais pas qu'elle gâche ce talent. Elle trouve qu'elle en fait trop. Soit. Je m'engage devant vous à la laisser libre de jouer ou non. Tout ce que je souhaite, c'est qu'elle rentre au plus vite afin que notre famille se ressoude. »

Mme Botani n'était pas dupe, à mon grand soulagement. Il était bien entendu hors de question que je rentre à la maison après cette audience. Il était également trop tôt à son avis pour que mes parents aient un droit d'hébergement. J'eus seulement le droit de rendre visite à ma mère et à Marie le mercredi après-midi.

Au foyer des enfants, après le départ de Mamadou, Christelle a obtenu son émancipation. La boutique où elle avait fait son stage l'a embauchée. Elle est donc partie elle aussi, pour vivre dans son propre appartement. J'en étais très malheureuse. Julie a été placée en famille d'accueil dans la ville voisine. Tous les trois furent rapidement remplacés par une fratrie plutôt exubérante.

Ludmila, 12 ans, était l'aînée. Venaient ensuite Loïc, 9 ans, Yohan, 5 ans, et leur petite sœur, Sophie, 4 ans. Toute la famille habitait dans un appartement de trente mètres carrés. Outre leurs quatre enfants, les parents hébergeaient une vingtaine de chats non castrés qui se multipliaient à la vitesse du vent. Les voisins avaient donné l'alerte en raison de l'odeur pestilentielle qui se dégageait sur le palier. Les deux derniers de la fratrie, Yohan et Sophie, avaient une sexualité complètement disproportionnée pour leur âge. Ils se masturbaient en public et simulaient les ébats qui avaient lieu entre les chats de la maison. Pour pouvoir récupérer leurs enfants, les parents avaient donc l'obligation de nettoyer l'appartement de fond en comble après s'être débarrassés des chats, et de trouver du travail.

Mon professeur de piano M. Bertrand avait appris mon placement et m'envoyait des lettres régulièrement. Il semblait très touché, et même triste de la tournure qu'avaient prise les choses. Il m'aimait bien et ne s'était jamais douté une seconde de ce qui se passait à la maison. Jusqu'au coup de téléphone de ma mère.

« J'espère que ta vie va se stabiliser, m'écrivait-il. Le piano n'aurait jamais dû mener à de telles aberrations. Le piano, c'est avant tout fait pour se faire plaisir si l'on a envie de se faire plaisir avec. Et tant mieux s'il apporte la notoriété, voire la célébrité ou d'autres satisfactions sociales mais en fait, ce n'est pas fait pour cela. Tu passeras au-dessus de ces difficiles moments actuels parce que tu as beaucoup de richesse intérieure et un grand caractère. Quoi que tu fasses, tu le feras bien. »

Après moi, M. Bertrand avait eu quelques élèves supplémentaires mais mon histoire l'avait marqué. Il me disait dans ses lettres qu'il s'assurait que tous soient « ultraconsentants ». Il prenait toutes ses précautions. Il leur disait « que c'était difficile, qu'il fallait des sacrifices de temps, pas de vacances… »

À la mi-novembre, les visites du mercredi après-midi accordées à ma mère et à Marie se sont mises en place. Nous n'étions plus obligées de nous cacher. Ma mère venait me chercher au lycée à la fin des cours et me ramenait à la maison. Nous déjeunions toutes les trois et passions l'après-midi ensemble. Elle me reconduisait ensuite au foyer des enfants vers dix-huit heures.

Il arrivait parfois que ces après-midi précieux soient gâchés par des disputes entre nous. La situation dans laquelle nous nous trouvions pesait beaucoup à ma mère et parfois les mots dépassaient sa pensée. Je sentais une certaine rancœur envers moi. Maintenant que le procès était passé, et que mon père avait promis que je ne ferai plus de piano, elle ne comprenait pas que je ne veuille pas rentrer définitivement à la maison. Il suffisait alors que je lui rappelle notre vie d'avant pour que les larmes recommencent à couler et qu'elle admette qu'il était encore trop tôt pour moi.

Marie n'allait pas très bien non plus. J'avais déjà pu m'en rendre compte au travers de sa lettre. Elle parlait peu mais je sentais bien qu'elle souffrait de mon départ. Elle pleurait beaucoup au collège et faisait souvent des crises de tétanie. Il lui était arrivé de m'appeler pour que je vienne la voir en cachette quelques minutes à la sortie des classes. À la maison, mes parents ne parlaient que de moi depuis que j'étais partie. Ils étaient focalisés sur mon retour. Marie se sentait totalement inexistante. Elle était en colère contre moi d'être partie sans elle. D'un autre côté, elle comprenait bien que je n'avais pas eu le choix.

Alors qu'il n'en avait pas le droit, il arrivait que mon père soit présent le mercredi. D'un commun accord avec ma mère. Elle voulait que nous puissions renouer le contact. Elle ne voulait pas que trop de temps s'écoule et que l'on devienne des étrangers l'un envers l'autre. Ce guet-apens ne me plaisait pas du tout. Me retrouver en sa compagnie me terrorisait toujours. Même si ma mère était présente. Je n'avais pas vraiment confiance et j'étais très mal à l'aise. Tout notre passé refaisait surface dans ma mémoire. Je redevenais la petite fille inquiète de ce dont il était capable. Pourtant, il me laissait tranquille et n'était pas désagréable. Il n'évoquait pas le foyer. Comme pour se persuader qu'il n'existait pas. Il ne reparlait pas du procès. Comme s'il n'avait jamais eu lieu. J'avais l'impression qu'il avait fait une amnésie totale des événements récents.

Quand mon père était à la maison, j'évitais au maximum de passer devant la salle de jeu. Je n'y mettais les pieds sous aucun prétexte. J'avais la terrible angoisse qu'il ne m'y trouve un jour et me demande de lui jouer un morceau. Marie et moi avions banni le mot piano de notre bouche. La moindre mélodie émanant d'un piano, que ce soit à la radio, au centre commercial ou à la télévision, nous était insupportable.

Aujourd'hui, j'ai renoué avec cet instrument. À mon rythme. Pour moi. Parce que je me suis rendu compte qu'il a le pouvoir de rendre les gens heureux, le temps d'un morceau. Il a le pouvoir de faire oublier les souffrances, pour quelques instants. Alors je joue pour faire plaisir aux autres, et leur plaisir m'apaise. Marie en revanche ne peut toujours pas supporter d'entendre le son d'un piano. La moindre note jouée la replonge dans ce passé angoissant.

26

Le foyer de semi-liberté

Au mois de mars, Mme Borno vint discuter avec moi de la suite. Je ne pouvais plus rester au foyer des enfants. C'était un service d'accueil d'urgence et non un hébergement sur le long terme. Il était question de me placer dans un foyer en Normandie. Je refusai. En déménageant si loin, je devrais encore changer de lycée et je ne pourrais plus voir ma mère et Marie. Ensuite, elle me parla d'appartements thérapeutiques. L'idée était d'être autonome dans un appartement en plein Paris avec d'autres jeunes ayant des troubles divers et variés. Cet appartement se trouvait dans un quartier plutôt malfamé de la capitale, regorgeant d'hôtels sociaux et de foyers en tout genre. À quatorze ans, je ne me voyais pas vivre seule et livrée à moi-même. Je n'en avais pas la force et cet appartement semblait plus problématique que thérapeutique. Une sorte de version désaxée de *L'Auberge espagnole*.

Finalement, au bout d'un mois, Mme Borno revint me voir, confiante. Elle avait une autre solution. Un foyer pour filles dans le Val-de-Marne. Faute de place dans les foyers normaux, c'était un foyer de semi-liberté. La plupart des jeunes placées là-bas avaient commis des actes délictueux. Ce foyer était un substitut à la prison. Encore une ambiance idyllique en perspective. Mais pour moi, cela valait toujours mieux que la Normandie. J'acceptai donc d'aller le visiter.

Après plus de deux heures de voiture, nous sommes arrivées devant un manoir surmonté d'une petite tour. La façade était décorée de mosaïque. C'était un endroit magnifique. Nous avons été accueillies par le directeur adjoint du foyer, un homme mince d'une quarantaine d'années, plutôt affable. Une éducatrice assez jeune le suivait. Elle s'appelait Nadia. Aimablement, ils me proposèrent une petite visite des lieux. L'endroit pouvait accueillir vingt-trois filles et n'avait rien à voir avec le foyer des enfants. Tout était immense. Les filles étaient quatre par chambre. Chacune avait droit à un lit, une armoire et une table de chevet. Le reste était en commun. J'étais très intimidée. J'avais peur de ne pas réussir à m'intégrer et surtout, j'étais obsédée par la distance entre ce foyer et mon lycée. J'étais en plein milieu de ma première S, j'avais des amis chers. Il était hors de question que je change encore une fois d'école. Le lycée dont dépendait le foyer était situé dans une banlieue défavorisée avec un taux de réussite au bac parmi les plus bas de France. Avec ma coupe au carré et mes petites lunettes, je ne tiendrais pas trois jours avant d'être le souffre-douleur des élèves. On me traiterait au mieux d'intello, au pire de fayotte, ce qui aurait pu me coûter cher à la récréation. Mme Borno ne pouvait pas se prononcer sur mon affectation scolaire. Le directeur adjoint non plus. Ils avaient besoin de « réfléchir ». Dans la voiture, au retour, j'étais en larmes, de colère. Je ne pouvais plus supporter ce ballotage. J'avais besoin de stabilité pour pouvoir me reconstruire, c'était évident. Pourquoi tous ces « professionnels de l'enfance » manquaient-ils tant de bon sens ?

Un petit miracle arriva. Dans mon lycée, une pétition fut lancée grâce à Claire et envoyée à l'ASE. Mes professeurs et la majorité des élèves de ma classe l'ont signée. Ils demandaient à ce que l'on ne me change pas de lycée en raison de ma bonne intégration dans la classe et de l'imminence du bac de français. Cet élan de générosité m'émeut encore aujourd'hui.

Quelques jours plus tard, je reçus une réponse favorable à ma demande. Je ne changerai pas de lycée. C'était la première nouvelle positive que je recevais depuis longtemps !

Peu avant l'anniversaire de mes quinze ans, je quittai le foyer des enfants pour le foyer de semi-liberté à la façade de mosaïque. Là, je ne partageais ma chambre qu'avec deux autres filles, Naouel et Aïcha, toutes les deux âgées de 17 ans. J'avais de la chance : la fille qui me précédait avait détruit son lit et son bureau dans un élan de colère. J'avais donc du mobilier neuf et surtout un bureau. En revanche, ce passage à l'acte ne me rassurait pas sur les prouesses dont étaient capables mes nouvelles complices de déracinement.

Dans ce nouveau foyer, l'autonomie des filles était quasi totale. Les éducateurs étaient là pour assurer le calme et la sécurité du lieu mais aussi pour dialoguer si l'une d'entre nous en ressentait le besoin. Alors qu'au foyer des enfants les éducateurs étaient bourrés de préjugés, ceux d'ici ne jugeaient personne. La majorité des filles qui vivaient ici avaient commis des actes de délinquance, mais tout le monde avait droit à une deuxième chance.

À peine arrivée, je compris le fonctionnement et les règles à respecter si je ne voulais pas avoir de problème. Les filles n'étaient pas des enfants de chœur. Les bagarres étaient quotidiennes. Il y avait en réalité un chef de groupe : Fatima. La plus ancienne et la plus âgée. La plus teigneuse aussi. Elle dirigeait les filles et accessoirement les éducateurs. Personne ne lui tenait tête de peur de se faire agresser. Elle avait ses servantes. Elle occupait la plus belle chambre du foyer. Une chambre seule dans la tour, remplie de peluches. Pour vivre en paix, il fallait être dans les petits papiers de Fatima. Sinon, c'était la guerre ouverte. Elle était d'ailleurs placée pour avoir sérieusement blessé une fille dans la rue, d'un coup de cutter. Pour un « mauvais regard ». Fatima avait pour souffre-douleur une autre fille du foyer appelée Tatiana, qui était épileptique. Sa seule présence dans la même pièce la rendait dingue. Fatima lui tombait régulièrement dessus sans motif. Elle l'avait même envoyée à l'hôpital un jour : elle avait frappé trop fort.

J'étais la plus jeune et la plus timide : les filles m'adoptèrent. Il faut dire que je ne faisais pas de vague et ne me mêlais pas des histoires. Et surtout, j'étais utile : les quelques filles encore scolarisées venaient parfois me demander de l'aide pour faire leurs devoirs. Là encore, je ne ressentais aucun préjugé. J'étais bonne à l'école, j'allais au lycée. Elles étaient contentes pour moi.

Mon lycée était très loin. J'étais obligée de me lever à quatre heures trente du matin de manière à être sortie du foyer à cinq heures. Impossible de prendre un petit déjeuner avant de partir : les cuisines étaient fermées. Il fallait que j'arpente seule les rues sombres et désertes de la ville pour arriver à la gare. Je montais dans le premier train de cinq heures vingt-cinq. Le wagon n'avait pas encore eu le temps de chauffer. J'avais un changement à la gare de Versailles, puis un bus à prendre avant d'arriver, déjà fatiguée, devant le lycée à huit heures. Le soir, même parcours dans l'autre sens. J'essayais de trouver une place assise dans le RER pour faire mes devoirs ou mes dissertations. J'arrivais au foyer à vingt et une heures pour trouver une fois encore les cuisines fermées. Outre la cantine du midi à laquelle j'étais inscrite, je ne mangeais plus que des pommes, faciles à transporter. Inutile de dire que cela n'arrangeait pas ma maigreur.

Ce rythme était extrêmement difficile à suivre. Par compassion, le proviseur m'avait dispensée des cours du samedi. Mon amie Sandrine me faisait des photocopies, que je récupérais plus tard.

Les filles du foyer me trouvaient cinglée de faire tous ces sacrifices. Elles avaient trouvé une autre solution plus « sympa ». Le matin vers dix heures, lorsque les éducateurs faisaient le tour des chambres pour vérifier que tout le monde était bien parti à l'école ou en stage, elles se cachaient toutes dans les toilettes. Une fois le champ libre, elles choisissaient une chambre et y passaient la journée avec alcool, cigarettes et cannabis à volonté. Difficile d'imaginer que les éducateurs soient dupes. Pour éviter les ennuis, ils préféraient être laxistes.

Nos rythmes de vie étaient donc opposés. Elles ne faisaient pas beaucoup d'efforts pour me simplifier la tâche. Comme elles n'avaient pas à se lever le matin, elles écoutaient du rap, volume poussé au maximum, jusqu'à une ou deux heures du matin tout en fumant des joints et en se faisant des Brushing. Je me concentrais pour ne pas pleurer en regardant ma montre. C'était le prix à payer pour continuer à voir mes amis, pour être dans un bon lycée et décrocher mon bac afin de réaliser mon rêve.

L'accumulation de fatigue me rendait extrêmement sensible. Je pleurais pour un rien et supportais peu de chose. Si au foyer j'avais retrouvé une certaine liberté, j'avais beaucoup de mal à supporter les cris et les bagarres quotidiennes d'une rare violence. Un jour, lors d'une dispute entre Naouel et une autre fille, le directeur adjoint eut le bras cassé en les séparant. Notre foyer jouxtait celui de la fondation des Orphelins Apprentis d'Auteuil. Un foyer de garçons. J'avais ainsi pu remarquer que les filles sont bien plus harpies que les garçons. Elles ne lâchent pas leur proie tant elles sont rancunières. En général, les garçons règlent leurs comptes une fois pour toutes et passent à autre chose.

Christine continuait à m'appeler tous les soirs. Elle était pour moi une bouée de sauvetage. Quelqu'un sur qui je pouvais compter. J'avais fait une demande pour passer les vacances d'été chez elle. J'espérais de tout mon cœur qu'elle me serait accordée.

Pour ne rien arranger à la situation, peu avant le bac de français, j'ai glissé sur le parquet du foyer qui venait tout juste d'être ciré. J'ai dévalé le grand escalier en bois entre le premier étage et le rez-de-chaussée. Bilan : traumatisme de l'articulation du coude gauche. J'avais un énorme œdème qui me valut un passage aux urgences, le port d'une attelle et une immobilisation complète du bras pendant plusieurs semaines. Ce jour-là, Samia, une des éducatrices, était de permanence. C'est elle qui m'avait emmenée à l'hôpital. Alors qu'en temps normal je ne parlais jamais aux éducateurs, cet épisode nous permit de briser la glace. C'est la première fois que je trouvais quelqu'un d'aussi attentif et sensible à mes souffrances. Je pouvais lui parler de tout. Elle devint disponible pour moi. Elle m'écoutait et essayait de me donner des conseils. De me soutenir. Grâce à elle, au foyer, je me sentais moins seule. Parler aide à avancer. Pour se libérer du passé. Pour entrevoir l'avenir.

Pour les épreuves de français du bac, étant donné que j'étais malheureusement gauchère, le lycée fit appel à une secrétaire pour que je puisse tout de même passer l'écrit. Ce fut un exercice compliqué que d'organiser ses pensées avant de les dicter tout de go. L'oral fut bien plus aisé. Je suis tombée sur ce poème de Baudelaire, que j'aimais tant :

> Mon enfant, ma sœur,
> Songe à la douceur
> D'aller là-bas vivre ensemble !
> Aimer à loisir,
> Aimer et mourir
> Au pays qui te ressemble !

Ma professeure de français, la première à signer la pétition pour que je reste dans le lycée, fut fière de m'annoncer quelques semaines plus tard que j'avais obtenu la meilleure note de toutes les sections.

Je n'avais jamais trouvé dans la musique une harmonie apaisante. Mon père m'avait gâché cette chance. Je retrouvais dans ce poème le rêve d'un voyage qui me conduirait dans un lieu idéal. Un lieu où je trouverais enfin du réconfort. La promesse d'un endroit qui atténuerait ma peine.

27

Christine

Au début des vacances scolaires, je fus reçue par la juge Botani à la suite de la lettre que je lui avais envoyée six mois auparavant. Je lui demandais à cette occasion l'autorisation de passer trois semaines chez ma tante Christine. Ma demande fut acceptée. J'en étais très heureuse. J'avais tant attendu ce moment ! La juge m'annonça également, lors de cette audience, que mon père aurait désormais lui aussi un droit de visite le samedi, à compter de la fin du mois de juin. Cette nouvelle ne m'enchantait pas vraiment mais j'y prêtai alors peu attention, trop occupée à préparer mes valises avec une joie immense.

J'ai pris le premier train possible pour quitter au plus vite le foyer. À la gare de Nancy, ma tante m'attendait avec mon oncle Pierre. Elle semblait aussi émue que moi. Elle me prit longuement dans ses bras. Nous sommes passés embrasser ma grand-mère que je n'avais pas vue depuis longtemps avant de retourner chez eux.

Ils avaient restauré une vieille et grande bâtisse pour en faire une maison chaleureuse et conviviale. Ma tante avait déjà aménagé une chambre pour moi.

Ces quelques semaines furent magiques. La première semaine, ma tante et mon oncle travaillaient encore tous les deux dans la journée. Pierre venait tout de même déjeuner avec moi. Le matin, je profitais de ces vacances au calme pour rattraper tout mon sommeil en retard. Pas de rap. Pas d'odeur de haschich étouffante. La paix. L'après-midi, je prenais mon vélo pour aller me balader dans Nancy. Je m'y étais fait quelques amis. Nous nous retrouvions pour discuter et flâner dans la ville. Vers seize heures, je passais à la boulangerie pour acheter une petite tarte. J'allais ensuite frapper chez ma grand-mère pour lui tenir un peu compagnie autour d'un café. Les soirées que je passais chez ma tante et mon oncle étaient un moment privilégié. Parfois, nous sortions nous balader en ville. Pierre inventait alors des tas de pitreries et faisait son one man show sous l'œil médusé des passants. Qu'est-ce que j'ai pu rire ! Cela faisait tellement de bien ! Nous allions aussi de temps en temps au cinéma voir des films d'art et d'essai, ou encore à la patinoire. Mon oncle faisait du hockey sur glace et entraînait des jeunes. C'est lui qui m'a appris à me débrouiller sur la glace et à patiner en arrière, même tant bien que mal. Il nous arrivait aussi de rester à la maison et de jouer aux cartes pendant des heures. Poker, black-jack, belote… Mon oncle et ma tante étaient de vrais aficionados !

La nuit tombée, Christine et moi discutions un peu de ma vie d'avant. Elle voulait comprendre pourquoi. Pourquoi mon père en était arrivé là ? Pourquoi ma mère ne leur avait jamais rien dit ? Pourquoi personne n'avait rien vu ? Tant de questions sans vraiment de réponse définitive.

Le moment du coucher restait pour moi un passage difficile. Je n'avais jamais réussi à retrouver le sommeil malgré mon départ de la maison. Je n'arrivais pas à abandonner cette habitude de dormir face à la porte, en chien de fusil, sous deux tonnes de couvertures. Pierre m'apprenait à me détendre en utilisant des bases de sophrologie. Il m'expliquait comment me concentrer sur ma respiration, en essayant de ressentir chaque partie de mon corps et leur contact avec l'environnement. Peu à peu, en sécurité, je parvins à m'endormir sans crainte.

Une fois ma tante et mon oncle en vacances, il fut prévu d'aller visiter Bruges, la fameuse petite Venise du Nord, avant de partir à la découverte de la Charente. Nous devions partir un samedi matin.

Mon père avait appris que je passais mes vacances chez Christine. Il décida d'emmener ma mère et Marie chez ses parents pour le week-end. Ayant désormais un droit de visite le samedi, il exigea que je sois présente chez ma tante ce jour-là afin qu'il puisse venir me voir. Je n'en avais pas du tout l'intention. J'étais bien. Je me sentais revivre. Je ne voulais pas qu'il vienne me gâcher le peu de bonheur que je ressentais. Christine et Pierre n'avaient pas non plus l'intention de le recevoir chez eux. En apprenant ce que j'avais vécu, ils avaient tous les deux tiré une croix définitive sur leur relation avec mon père. C'était irréversible.

Le samedi matin, comme prévu, nous sommes partis aux aurores pour Bruges en espérant ne pas croiser mes parents à proximité de la maison.

Mon père était dans une rage folle. Ma mère terriblement déçue. Si elle avait été seule, les choses auraient été bien différentes. Je n'aurais pas hésité une seule seconde à la voir. Si la réaction de mon père m'importait peu, j'avais de la peine pour ma mère.

Alors qu'il savait pertinemment que nous étions partis, mon père insista pour faire le trajet depuis l'appartement de ses parents jusqu'à la maison de ma tante en emmenant ma mère et ma sœur. Une fois sur place, évidemment, il trouva porte close. Il fit alors venir un huissier afin qu'il constate mon absence et fit comme si personne ne l'avait tenu informé.

Une fois la constatation officielle en poche, mon père déposa une main courante à la gendarmerie puis rentra avec ma mère et Marie en région parisienne. Il ne comptait pas en rester là. Après s'être entretenu avec son avocat, il saisit le juge pour lui faire part de ce qu'il considérait comme un manquement à la loi. Preuve à l'appui. Et là encore, il ne m'en tenait pas rigueur. Lors de mon placement, j'avais été manipulée par l'infirmière scolaire. Il était persuadé que tout ce que j'avais dit à la brigade des mineurs m'avait été soufflé par elle. Lors du procès, c'est Mme Borno qui m'avait poussée à exagérer sa violence. J'étais fragile, je m'étais laissé entraîner. Pour Bruges, les coupables désignés étaient mon oncle et ma tante qui m'avaient littéralement kidnappée pour m'empêcher de le voir. Mon père avait une explication logique pour tout. Il était persuadé de l'existence d'un complot monté contre lui par des individus sans vergogne qui manipulaient mon innocence.

28

Droits d'hébergement

Quitter Nancy et retrouver la solitude du foyer fut difficile. Sur le quai de la gare, ni Christine ni moi n'avons pu retenir nos larmes. Ces vacances avaient été magiques.

De retour au foyer, j'eus la mauvaise surprise de découvrir qu'un incendie avait ravagé notre chambre. Une cigarette mal éteinte et j'avais perdu toutes les photos qui tapissaient mon mur ainsi que pas mal de vêtements. Le reste a senti le brûlé pendant un bon moment. La chambre était inhabitable : j'ai donc emménagé dans une chambre de quatre personnes, beaucoup moins confortable, et sans bureau. Une haie de plus dans la course d'obstacles qui jalonnait mon existence.

Peu avant la rentrée, Fatima la Terrible me demanda de lui rendre service. Elle avait monté une petite arnaque : le principe consistait à soutirer de l'argent à des hommes rencontrés au hasard. Cet argent servait d'acompte à de futures relations sexuelles. Une fois la somme obtenue au moyen de promesses chaleureuses, Fatima disparaissait dans la nature. Elle choisissait bien ses proies : un peu idiotes et sans doute affamées.

Mon rôle était de l'accompagner à tous ses rendez-vous dans des rues plutôt malfamées afin qu'elle ne soit pas seule.

Elle voulut m'apprendre à me faire de l'argent de poche rapidement. Lorsqu'elle se baladait en ville, elle demandait une cigarette à tous les passants. En dix ou quinze minutes, elle avait récolté l'équivalent d'un paquet. Elle le revendait ensuite à bon prix aux filles du foyer.

Je dois reconnaître que j'ai mis cet enseignement à profit pendant quelque temps. Grâce à mes longs trajets entre le foyer et le lycée, mon stock de cigarettes fut vite impressionnant. Je les donnais ou les revendais ensuite en fonction de mes besoins. C'est grâce à ce petit trafic – dont je ne suis pas très fière – que je me suis acheté mon premier téléphone portable. « À Rome fais comme les Romains… »

Quelques changements eurent lieu à l'occasion de ma rentrée en terminale. Mme Botani autorisa des droits d'hébergement le week-end chez mes parents. Elle ordonna que nous suivions une thérapie familiale, sans Marie, et mit en place – cette fois-ci pour toutes les deux – une mesure d'AEMO. L'AEMO, ou aide éducative en milieu ouvert, consistait à voir une fois tous les quinze jours des éducateurs. Lors du premier rendez-vous, Marie et moi avons fait la connaissance des deux éducatrices en charge de notre dossier. Je pensais avoir tout vu entre le foyer des enfants et le foyer de semi-liberté. Mais non : il y avait pire. Après s'être entretenue un long moment avec mes parents, une des éducatrices m'a reçue. D'emblée, avant même que j'aie eu le temps d'ouvrir la bouche, elle m'a lancé, faussement neutre :

« J'ai lu un peu ton dossier mais j'ai aussi rencontré tes parents. Je suis perplexe. Tu as attendu quatorze ans pour parler ? Tu ne pouvais pas te rebeller avant si c'était si terrible que cela chez toi ? »

Le ton était donné. Comme d'autres, elle ne me croyait pas et avait sans doute été séduite par les beaux discours de mon père. Mes parents étaient visiblement trop bien habillés pour avoir osé maltraiter leur fille.

Dans mon nouvel emploi du temps de terminale, le samedi matin comportait trois heures de mathématiques. Je ne pouvais plus être dispensée de cours ce jour-là. Cela aurait été trop pénalisant compte tenu du coefficient au bac de la matière reine. Ma mère venait donc me chercher à la fin des cours et me ramenait à la maison. Après manger, nous nous rendions en thérapie.

Mon père avait subtilement déniché le psychiatre le plus incompétent qu'il puisse exister, à Trappes. Ces séances prêtaient à rire. Nous nous asseyions tous trois et il nous regardait bien gentiment dans le blanc des yeux avec en permanence un sourire niais.

« Bien, alors, que puis-je faire pour vous ? demanda-t-il la première fois.

— Céline et moi avions quelques conflits liés en partie à son adolescence et en partie au fait que je suis quelqu'un de strict, répondit mon père, imperturbable.

— Ah oui ! Ce n'est pas simple d'avoir un adolescent à la maison.

— Mais les choses s'améliorent tout doucement. Chacun y met du sien », argua mon père.

Je me demandai si je n'étais pas en train de jouer dans un mauvais téléfilm.

« Céline, avez-vous quelque chose à dire à vos parents ?

— Non, pas vraiment, répondis-je, en tout cas pas à vous, pas ici.

— Bien, dans ce cas-là, je vous propose à tous trois de réfléchir à ce que vous voudriez me dire lors d'un prochain rendez-vous. Quelque chose que vous n'arrivez pas à vous dire en face. »

La séance était déjà finie. J'étais sidérée.

Par la suite, mon père prendrait un malin plaisir à parler de la pluie et du beau temps avec un grand sourire. Notre interlocuteur plongeait dans un abîme de perplexité puis remontait à la surface à la fin de chaque consultation en déclarant que l'on faisait tous de « grands progrès ». Sauf lui, visiblement !

Cette mascarade ne dura pas longtemps. Au terme de quatre rendez-vous, cet éminent expert certifia par écrit que la famille Raphaël avait scrupuleusement suivi l'obligation de thérapie de vingt séances et que les choses allaient beaucoup mieux. Il n'y avait donc pas lieu de continuer.

À la maison, Marie et moi passions beaucoup de temps dans notre chambre ou devant l'ordinateur. Nous attendions que nos parents sortent se balader pour descendre au salon regarder la télévision. Depuis que j'étais partie, ma sœur avait totalement rejeté mon père. Elle le méprisait et n'hésitait pas à le remettre à sa place. Il n'avait plus aucune prise sur elle et n'osait rien lui imposer. La domination s'était totalement inversée.

Moi, je n'avais pas sa force de caractère. Devant lui, j'étais toujours paralysée par la peur. Incapable de lui dire non, je me sentais lâche. La séparation n'avait pas été assez longue et réparatrice pour que je prenne suffisamment confiance en moi. J'avais l'impression qu'il pouvait toujours faire ce qu'il voulait de moi, et je me maudissais. L'ombre du piano planait encore sur nous. Personne n'osait prononcer ce mot tabou mais je restais prisonnière des cordes de l'instrument, comme de la toile d'une araignée géante.

Mon père agissait comme si j'étais en internat, avec sortie le week-end. Sauf qu'il ne me frappait plus. Son amnésie n'était donc que partielle. Sa condamnation avec sursis l'incitait à trouver une nouvelle stratégie. Après quelques week-ends passés à la maison, sa vraie personnalité refit surface avec une nouvelle obsession : puisque je ne faisais plus de piano, je ferais des mathématiques. À outrance. Le piano n'était donc qu'un prétexte. La musique importait peu. Je n'étais qu'un objet. Sa propriété.

Je me rends compte aujourd'hui que mon père ne m'a jamais considérée comme une personne capable de faire ses propres choix. Rapidement après ma naissance, je n'étais plus qu'une sorte d'objet de transition, dépourvu de pensée. Je devenais l'incarnation d'un mythe qui transcendait la condition d'un enfant pour l'asservir à la quête d'un idéal de perfection. Rien ne pouvait s'opposer à la nécessité de faire de ses frustrations le ferment de ses rêves maladifs.

Lorsque j'arrivais à la maison le samedi matin, mon père demandait à voir mes contrôles de mathématiques. J'avais de bonnes notes. J'étais toujours dans les cinq premiers de la classe. Mais ce n'était pas suffisant. Comme pour le piano, je devais être la meilleure. Lorsqu'un devoir sur table était prévu dans cette matière, il me demandait mon livre d'exercices. Il notait alors sur une feuille blanche tous ceux qu'il fallait que je résolve pendant le week-end. Jusqu'à quatre-vingt-seize en moins de deux jours ! Le dimanche après-midi, il corrigeait. S'il y avait des fautes, il ajoutait de nouveaux exercices. Alors que j'aurais pu profiter de ces week-ends pour me reposer, je veillais à nouveau tard dans la nuit. Totalement sous son emprise, je ne disais rien. Je m'exécutais.

Comme auparavant, je subissais des vexations élaborées, comme retrouver de la vaisselle sous mon oreiller. Comme avant, j'étais humiliée. Mon père ne se privait pas de réflexions dégradantes sur mon état physique, qui me hanteraient encore aujourd'hui si je n'étais pas heureuse en amour :

« Toi, de toute façon, je ne vois pas qui tu pourrais intéresser à part peut-être pour tirer un coup. »

Je compris que mon père ne changerait jamais. Sa volonté de perfection était pathologique, voire monstrueuse. À travers moi, peut-être voulait-il encore satisfaire son père et obtenir de lui de la reconnaissance ? En faisant de moi une enfant parfaite, voulait-il réparer le déshonneur de ne pas avoir rempli ce rôle ? Battu par mon grand-père, mon père avait souffert de se sentir rabaissé. Au lieu de se révolter face à cette injustice brutale, il s'était mis en quête de perfection. Il se servait de moi pour réparer cette fêlure et reproduisait le schéma qui avait formaté son esprit et son comportement. Ma résistance inflexible le déstabilisait et le rendait plus menaçant, tout au moins était-ce ainsi que je le ressentais.

J'aurais pu en parler aux éducateurs. J'aurais pu demander à ne plus retourner chez mes parents le week-end. Mais encore une fois, je me suis tue. Maintenant, je savais ce que signifiait un procès. Je connaissais ce sentiment de culpabilité cuisant et je ne voulais pas le revivre. Et mon père ne me frappait plus. La seule maltraitance que je subissais désormais était psychologique. Si elle est suffisamment puissante pour détruire un être humain, elle n'est rien devant la justice française. Pour ma mère, tout était rentré dans l'ordre. J'étais persuadée qu'elle ne m'aurait pas pardonné d'accuser mon père une seconde fois.

29

Mythomane

Un samedi matin, pendant le cours de Mme Turois, ma professeure de mathématiques, je fis un malaise. Probablement lié à une fatigue extrême. Mme Bas, la conseillère principale d'éducation, m'avait jusque-là toujours soigneusement évitée. On ne sait jamais, venant d'un foyer, j'aurais pu transmettre la peste aux enfants de bonne famille. Accueillir dans son lycée une adolescente placée dans un foyer faisait un peu tache pour la réputation de l'établissement. Ce jour-là, elle fut bien obligée de m'adresser la parole du bout des lèvres, pour pouvoir appeler ma mère afin qu'elle vienne me chercher plus tôt.

Quelques minutes plus tard, ma mère arriva. Souriante et avenante comme à son habitude, elle engagea la conversation avec la conseillère avant de me ramener à la maison.

Le lundi matin, Claire m'attendait devant le lycée. Elle m'apprit que Mme Bas et l'assistante sociale (que je ne connaissais ni d'Ève ni d'Adam) faisaient désormais courir le bruit que j'étais mythomane auprès des professeurs. Claire était au courant car sa mère était professeure de chimie et avait essayé de me défendre. Mme Bas se targuait d'avoir rencontré mes parents, des gens charmants de toute évidence. La pauvre petite élève courageuse réussissant sa terminale S n'était en réalité qu'une perverse manipulatrice. Une gosse de riche en mal de reconnaissance.

Cette conseillère admettait mal que je ne sois pas scolarisée en CLIS, ces classes réservées aux élèves en difficulté souffrant de troubles du comportement ou de difficultés psychomotrices.

Après avoir été victime du cliché selon lequel la maltraitance ne touche que les familles défavorisées, je devais maintenant affronter un nouveau préjugé. Les enfants placés ne peuvent être que débiles ou délinquants, méchants au fond d'eux-mêmes, ou détraqués. Perdus d'avance en somme.

J'avais mis beaucoup de cœur à être parmi les meilleurs de ma classe. Pour me prouver à moi-même que je valais quelque chose. Mieux qu'un chien. Pour le prouver aux autres. Je me levais tous les matins, coûte que coûte, après n'avoir dormi que deux ou trois heures. J'affrontais ces trajets interminables pour être à l'heure chaque jour et ne rater aucun cours. Je mettais un point d'honneur à ne jamais craquer devant les autres. Je n'avais jamais posé un seul problème à qui que ce soit. J'étais appréciée. Et voilà que ces deux femmes, mues par la frustration et l'étroitesse d'esprit, faisaient vaciller cet équilibre. Plus qu'une simple rumeur colportée, c'était la négation de mon passé et de ma souffrance.

Après les révélations de Claire, j'étais submergée par l'émotion. Un mélange de peine et de rage. Sans réfléchir, je me suis rendue directement au service social et j'ai attendu. Lorsque la porte du bureau de l'assistante sociale s'est ouverte, j'ai balbutié :

« Pourquoi avez-vous raconté à mes professeurs que j'avais menti sur mon passé ? Vous ne me connaissez même pas ! Vous ne m'avez jamais vue ! »

Le regard noir et méprisant, elle me répondit :

« Si vous voulez me parler, commencez par vous lever. En restant assise, vous vous mettez encore dans une position d'infériorité pour jouer à la victime. »

Elle tourna les talons aussitôt son venin craché. Je restai bouche bée.

Je suis sortie du lycée en trombe. Je ne songeais qu'à une chose : me jeter sous une voiture pour en finir. Mon Walkman sur les oreilles à la puissance maximale, je me suis mise à courir au milieu de la route sans m'arrêter. Je ne pensais plus à rien. Je ne voulais pas rentrer au foyer. Je suis allée me réfugier chez ma mère. La seule qui pourrait m'aider.

Furieuse, elle appela le proviseur pour lui demander des explications. Il lui proposa un rendez-vous dans l'après-midi pour tirer la situation au clair, et promit de convoquer Mme Bas et son acolyte.

À mon grand soulagement, je pus constater en retournant en cours que mes professeurs me soutenaient unanimement. Le monde n'est jamais ni tout noir ni tout blanc.

30

Mainlevée

Dès la fin du premier trimestre de terminale, je n'étais plus que l'ombre de moi-même. J'étais épuisée tant physiquement que moralement. Me lever chaque matin relevait de l'exploit. Je m'endormais partout. En cours, dans le train, sur les quais de gare. L'anorexie n'arrangeait rien. Je ne supportais plus les bruits du foyer, les bagarres incessantes. Je n'avais plus d'énergie pour me battre. Ma mère et Marie me poussaient à rentrer. Elles ne voyaient plus aucune raison à ce que je reste placée : je ne faisais plus de piano, mon père avait changé, j'avais obtenu ce que je voulais. Pour ne pas les perdre, je devais rentrer. Autrement, elles ne me soutiendraient plus. Pour elles, les choses avaient trop duré.

De mon côté, je pesais le pour et le contre depuis un petit moment déjà. Je savais que faire médecine en restant au foyer serait difficile : à dix-huit ans, j'irais en appartement pour jeune majeur ; à vingt et un ans, l'Aide sociale à l'enfance me mettrait dehors. C'était le deal.

Impossible dans ces conditions de se lancer dans un cursus de plus de dix ans d'études. Je pensais également à Marie. Elle dépérissait. Vivre chez mes parents la rongeait. Elle aussi avait besoin de partir. Je rentrais déjà tous les week-ends chez moi. Je savais donc à quoi ressemblerait mon retour. Je devrais me plier aux exigences de mon père concernant les mathématiques et la physique jusqu'au bac, supporter ses sautes d'humeur et rester stoïque malgré ses phrases assassines. Rien qui soit insurmontable en somme. L'équation fut vite résolue. Je décidai de rentrer chez moi, avec en tête une idée bien précise. Je comptais passer mon bac, entrer en première année de médecine, obtenir une bourse et partir définitivement de la maison avec Marie. C'était notre seule chance à toutes les deux de mettre fin à cette vie, que nous n'avions pas choisie et qui nous rendait malheureuses. Ensemble, loin de mon père, j'étais persuadée que l'on pouvait vivre mieux.

Peu après Noël, j'ai annoncé à mes parents que j'avais demandé une audience au juge des enfants afin de rentrer définitivement. Ils étaient ravis. Mon père avait l'air soulagé. Ma crise d'adolescence était enfin terminée. La vie allait pouvoir reprendre son cours normal.

En février, je reçus une lettre m'annonçant que l'audience était fixée à la fin du mois de mai. Mon père trouvait cette échéance beaucoup trop tardive. Il me conseilla donc de ne pas rentrer au foyer un jeudi après la fin des cours et de venir me « réfugier » chez eux. Au foyer, les fugues étaient aussi fréquentes que les bagarres. Le soir, les éducateurs passaient leur temps à faire des déclarations de fugue au commissariat. Ce qui d'ailleurs ne servait strictement à rien. Personne n'avait envie de perdre son temps à rechercher des délinquantes en fuite qui repartiraient sûrement dès le lendemain. De toute façon, les filles revenaient d'elles-mêmes après quelques jours de totale liberté. Je m'apprêtais à venir grossir le rang des statistiques. Lorsque je suis rentrée à la maison, ce fameux jeudi soir, mon père contacta son avocat pour lui signaler ma présence. Il appela ensuite le foyer pour les rassurer, si tant est qu'ils aient pu être inquiets, et pour leur dire que je ne souhaitais pas rentrer. Après cet incident, l'audience fut avancée à la fin du mois d'avril.

Arrivée au tribunal ce jour-là, je retrouvai mes parents et nos deux avocats dans la salle d'attente. Cette fois-ci, nous n'étions plus assis le plus loin possible les uns des autres. Nous sommes entrés ensemble en faisant front commun dans le bureau de la juge.

À peine assise, je me fis sermonner pour avoir perturbé, par ma fugue, le bon fonctionnement du foyer. Je tentai alors de lui expliquer que je n'en pouvais plus et que je voulais rentrer chez moi. Je me suis mise à pleurer :

« Je suis fatiguée. Je veux rentrer chez moi. Je ne peux plus faire tous ces trajets. Je me lève à quatre heures trente tous les matins pour aller au lycée. Le bac approche. Vous pensez que c'est facile pour moi ? »

Derrière son bureau, elle ajusta ses lunettes et me regarda dans les yeux.

« Je n'arrive pas à comprendre, Céline. C'est bien toi qui es venue nous demander de l'aide ! Tu as subi de graves maltraitances, et aujourd'hui tu veux rentrer chez toi comme si rien n'était jamais arrivé ?

— Je veux rentrer chez moi. Je n'en peux plus de ce foyer. Tous les jours il y a des bagarres. Il y a des cris en permanence. Je ne peux pas travailler. Comment vais-je faire pour réviser mon bac ? Comment vais-je faire pour faire des études ? »

La colère montait en moi. En parlant à la juge, je criais presque. Si je n'avais pas été placée il y a trois ans, je serais morte. Je le savais. Les policiers, l'assistante sociale, la juge, tous m'avaient prise au sérieux. Ils m'avaient sauvé la vie, et je leur en étais reconnaissante. Mais les conditions de placement étaient trop dures. Je ne m'étais jamais plainte, j'avais toujours fait ce que l'on me disait de faire, mais aujourd'hui je craquais. Aussi bien physiquement que moralement, je n'en pouvais plus.

« J'entends bien que la vie au foyer est difficile, Céline, mais pour rentrer chez toi, c'est beaucoup trop tôt à mon avis. J'ai plusieurs rapports de tes éducateurs. D'après eux, lorsque tu rentres au foyer le dimanche soir, tu n'as pas le moral. Je pense que ton père et toi devez réapprendre à vivre ensemble plus progressivement. »

Mme Botani était quelqu'un d'intelligent. Elle connaissait bien mon dossier. Elle avait lu tous les rapports des uns et des autres depuis le début. Elle savait que je n'avais pas menti sur les maltraitances que j'avais subies. Dans son bureau ce jour-là, elle semblait dépassée. Incrédule. Elle ne s'était pas imaginé un seul instant que je demande un jour à rentrer chez moi. Mais je ne pouvais pas lui dire la vérité. Mes parents étaient là. Je devais paraître convaincue et camper sur mes positions. Il fallait absolument que je rentre chez moi. Je n'avais pas le choix. Une fois majeure, l'ASE ne me prendrait plus en charge financièrement et je pourrais dire adieu à la médecine. Dans un élan de colère, je quittai la pièce comme une furie. Je n'avais jamais réagi comme cela devant quelqu'un. Je ne me contrôlais plus. Toute la rage et la colère que j'avais enfouies depuis de nombreuses années refaisaient surface d'un seul coup. Je hurlais dans les couloirs du tribunal que je voulais rentrer chez moi. Je criais que j'allais me suicider en me jetant par la fenêtre, avant d'aller m'enfermer dans les toilettes. J'étais à bout.

Je fus rapidement rejointe par mon avocate, stupéfaite et sans voix devant un tel esclandre. Elle était suivie de près par ma mère, venue me consoler. Mon père et son avocat étaient restés en retrait. Après de longues minutes, mes larmes séchées, je suis retournée dans le bureau de la juge. Cette fois-ci, elle avait l'air en colère. J'avais l'impression de l'avoir déçue. Elle avait fait en sorte de me protéger, et c'est un peu comme si je reniais ses efforts. Elle abdiquait. Puisque je voulais tant rentrer chez moi, soit. Je n'avais qu'à prendre mes responsabilités.

Au foyer, les filles n'ont pas compris mon choix.

« Tu te jettes dans la gueule du loup de toi-même », m'ont-elles dit.

Encore une fois, elles ne pouvaient comprendre ce sacrifice dans le but de faire des études. Fatima et moi en avions souvent discuté ensemble :

« Moi, disait-elle, je ne compte pas me casser la tête. À dix-huit ans, je serai majeure. Je trouverai un boulot de vendeuse et je travaillerai suffisamment pour avoir droit au chômage et au RMI. Et après, j'arrête. Ça ne sert à rien de se lever tous les matins pour aller bosser quand tu peux être payé pareil en ne faisant rien ! »

Moi, je ne voyais pas les choses de la même façon. Je voulais travailler pour ne dépendre de personne, et surtout pas d'un mari. Je voulais être libre. Libre de vivre la vie que j'aurais choisie sans devoir rendre de comptes à qui que ce soit. J'ai expliqué aux autres filles que je rentrais chez moi pour mieux repartir. Définitivement cette fois-ci, et avec Marie. Je me sentais plus forte psychologiquement pour affronter mon père. En plus, l'ombre de sa peine avec sursis planait au-dessus de sa tête et me protégeait.

Après l'audience, je passai mon week-end à ranger mes affaires. Mon père vint me chercher le dimanche soir. Je ne peux pas dire que j'étais heureuse de partir, ni même soulagée. Je m'étais beaucoup attachée à Samia et j'avais noué des liens d'amitié avec certaines filles. Je vivais ce nouveau changement comme une nécessité. Sans vraiment d'émotion. À présent, j'allais de nouveau me retrouver seule, au moins pour quelque temps, mais la solitude n'avait plus de secret pour moi. Après le bac, chacun de mes amis allait prendre un chemin différent. Claire, Laurent, Guillaume et Sébastien allaient rentrer en prépa. Anne s'orientait vers la pharmacie, et Sandrine partait vers les sciences économiques et sociales. J'étais la seule dont la vocation avait toujours été la médecine. Je savais que la première année allait être dure, mais j'étais prête à déplacer des montagnes pour réaliser mes rêves. Je ne ressentais ni la présence de mon père ni la difficulté du concours de première année de médecine comme des obstacles insurmontables. J'allais bientôt pouvoir tourner une nouvelle page de mon existence et rompre avec ce passé douloureux.

31

Dernière bataille

Après mon baccalauréat, mon père se vit proposer un nouveau poste au sein du siège d'une société basée à Paris. Mes parents décidèrent d'emménager dans la capitale. Rester dans la maison où notre vie avait basculé était devenu difficile pour moi comme pour ma mère et Marie. Chaque pièce me rappelait de mauvais souvenirs et la salle de jeu hantait les lieux. Je n'ai jamais compris ce nom paradoxal. De quel jeu s'agissait-il ? En tout cas, grâce aux nouvelles règles que j'avais imposées, la porte derrière laquelle se trouvait le piano restait fermée en permanence. Je n'osais m'en approcher de peur d'ouvrir à nouveau un passage vers l'enfer. Pour mon père, il s'agissait plus de gommer toute trace du passé comme pour mieux se persuader que rien n'avait eu lieu.

Dans notre nouvel appartement, bien que très grand, il n'y avait plus de salle de jeu. Elle avait disparu effaçant avec elle la petite fille apeurée que j'avais été. Le piano d'étude s'est retrouvé dans ma chambre, face à mon lit. Meuble noir et austère, chargé d'un lourd passé, il était relégué au rang de simple objet qui prendrait la poussière. Seul le génie d'un compositeur et le talent d'un interprète pouvaient le rendre beau. Tel un poète qui donne vie aux mots, j'aurais voulu qu'il véhicule mon émotion et fasse naître des sentiments. Mais on ne peut pas exprimer son intériorité lorsque l'on est traité comme un automate. L'objet ne fut que l'instrument de ma souffrance.

J'aimais profondément la musique. Je n'aurais pas eu besoin de tant de violence et de sacrifices pour la transcender. Elle faisait partie de moi et sous n'importe quelle forme, je ne pouvais vivre sans. Parfois, lorsque j'étais seule, certaine que mon père ne m'entendrait pas, je relevais le couvercle pour redonner à mon piano un souffle de vie. J'effleurais son clavier l'espace d'un instant pour déposer ma peine et la laisser s'envoler, emportée par la mélodie. C'était sans doute là le plus grand échec de mon père : il n'avait pas su obtenir par la force ce que la patience aurait su engendrer.

Je vivais de nouveau chez mes parents mais j'avais changé. Enfant, je voyais en mon père un monstre puissant. Je comprenais aujourd'hui qu'il n'était en réalité que colosse aux pieds d'argile. L'affronter n'était même plus ma grande bataille. Ma dernière bataille pour reconquérir ma liberté, ce serait celle qui m'ouvrirait les portes de mon rêve : devenir médecin.

J'avais su le faire souffrir comme j'avais souffert. J'avais su le voir impuissant comme je l'avais été face à sa cruauté. La seule chose que j'avais trouvée pour l'affronter fut ma maladie. L'anorexie m'avait donné le pouvoir de contrôler mon corps et avait ôté à mon père toute autorité sur lui. Puisque par mon alimentation je décidais si j'allais vivre ou mourir, il n'était plus que simple spectateur. Impuissant, il ne pouvait que regarder en face cette lente dégradation. Cette passivité le mettait hors de lui.

Souffrir pour le voir perdre la face. J'étais prête à tout. Durant toute mon adolescence, j'ai médité ces vers de Baudelaire :

> Je suis la plaie et le couteau !
> Je suis le soufflet et la joue !
> Je suis les membres et la roue,
> Et la victime et le bourreau !

Si mon père et moi nous nous retrouvions parfois à l'occasion des repas, je faisais tout mon possible pour l'éviter. Je savais que mon absence à table exacerbait sa rage. Le matin, pendant les vacances d'été qui précédèrent mon entrée en faculté, je me levais le plus tard possible. En général vers treize heures, une fois leur déjeuner terminé. Je sortais ensuite me balader dans Paris. Je marchais des heures et des heures simplement pour ne pas être chez moi. Je rentrais souvent après le repas du soir et j'allais directement dans ma chambre. Une fois mes parents couchés, je me préparais quelques fruits et m'installais dans le salon pour regarder la télévision jusqu'en fin de nuit.

Mon entrée en faculté de médecine mit fin à cette organisation un peu marginale. Elle marqua le début de ma nouvelle vie, de ma vie tout court, devrais-je dire. Je n'avais pas baissé les bras durant toutes ces années et j'étais récompensée. J'avais franchi un cap. Il ne me restait plus qu'à décrocher ma première année pour réaliser mon rêve. Nous étions huit cents étudiants. Il en resterait quatre-vingts l'année suivante. Je devais absolument faire partie de ces rescapés. Une autre bataille contre soi-même à livrer.

Le concours se décomposait en deux sessions. L'une en décembre, l'autre en juin.

Je retrouvais les habitudes prises au foyer. Pour une place assise dans l'amphithéâtre, il fallait que je me lève à cinq heures trente. À sept heures devant la faculté, j'étais parmi les premiers à attendre devant la lourde porte, prête à courir. Vers huit heures, quand le bruit des clés se faisait entendre, tout le monde se préparait pour le premier sprint de la journée. La lourde porte à peine ouverte, une nuée de vautours s'élançaient comme des affamés à l'assaut du troisième étage. Les premiers arrivés jetaient leurs écharpes et leurs sacs sur des bancs entiers dans les premières rangées. Ils réservaient ainsi la place pour tous leurs amis. Les primants comme moi, qui ne connaissaient personne, ne pouvaient se payer ce luxe et devaient batailler chaque jour pour gagner leur place assise. Les lève-tard étaient condamnés à assister aux cours de professeurs beaucoup moins renommés.

Cette ambiance ne me faisait pas peur. J'avais vu pire.

Le soir, lorsque je rentrais à la maison, je filais directement dans ma chambre pour « travailler ». C'était le seul mot que tolérait mon père et qui avait sa place avant le mot « manger ». Depuis quelque temps, il avait renoncé à contrôler mon alimentation et essayait de prendre à nouveau le pouvoir sur ma manière de travailler. Le soir, il s'approchait tout doucement de ma chambre et collait son oreille contre la porte pour écouter. Il entrait ensuite pour voir si j'étais bien en train de travailler ou si je faisais semblant. Pour me sentir moins seule, isolée en permanence dans ma chambre, au fond de l'appartement, j'avais pris l'habitude de mettre la radio en fond sonore. Cette pratique énervait prodigieusement mon père. Dès qu'il entendait la moindre musique, il ouvrait brusquement la porte et se précipitait sur le poste pour l'éteindre, en hurlant que l'on ne pouvait pas travailler décemment avec une radio en marche. À peine mon père parti, je rallumais l'objet de discorde et prenais un immense plaisir à l'imaginer derrière la porte, vert de rage, pesant le pour et le contre.

Le mois de décembre arriva trop vite. Le rythme effréné de la faculté et le stupide combat que je menais encore contre mon père pour gagner ma liberté m'avaient fait perdre beaucoup de poids. Je peinais de plus en plus à sortir de mon lit le matin. Je ne pesais plus que trente et un kilos. J'avais du mal à marcher. J'avais tout le temps froid. Ma mémoire flanchait et je retenais de plus en plus difficilement mes cours. La première partie du concours se déroula dans la douleur. J'avais l'impression, en sortant des épreuves, d'avoir tout gâché.

Dans cette période difficile, ma mère était toujours présente. Elle me remontait le moral comme elle le pouvait pour que je m'accroche malgré tout. Elle m'était d'un grand soutien. Elle avait compris mieux que moi que l'anorexie était une maladie, et que sous mes airs de « je contrôle la situation », je ne maîtrisais plus rien du tout. J'étais entrée dans la spirale infernale d'une perte de poids que seule la mort pouvait stopper. Elle essayait de me faire des plats très peu caloriques, pour ne pas me dégoûter, à base de légumes ou de poisson. Elle m'achetait des fruits et s'installait consciencieusement à la table de la cuisine chaque après-midi pour éplucher des kilos et des kilos de pommes afin de me préparer de la compote. La compote de pommes était le seul plaisir qui me restait. J'en mangeais le soir dans mon lit, un livre à la main.

Si mon père ne s'était pas adouci devant mon état, ma mère était morte d'inquiétude. Depuis mon placement, elle tentait de se débattre avec sa culpabilité immense de n'avoir pas su me protéger. Mon anorexie lui rappelait chaque jour sa terrible défaillance. Je regrettais beaucoup de lui faire subir tout cela car ce n'est pas elle que je cherchais à interpeller. Elle avait fait son mea culpa envers moi et passait chaque minute de ses journées à essayer de se rattraper en tentant de me rendre la vie plus facile. Pour Marie, me voir dépérir n'était pas simple non plus. Dans cette partie d'échecs entre mon père et moi, les autres membres de la famille souffraient en silence.

Les fêtes de fin d'année furent les premières de ma vie à se dérouler sans menace ni punition préalables. L'ambiance était cependant très tendue.

Pour le Nouvel An, Marie fut invitée chez des amis de son ancien collège. J'avais quant à moi décliné toute invitation. Je n'étais plus capable de manger normalement. Je ne voulais pas mettre les autres mal à l'aise. Pour ne pas me retrouver en tête à tête avec mes parents, je sortis ce soir-là un peu avant le retour de mon père, malgré un froid glacial. Ce fut une soirée cauchemardesque. J'ai marché sans but des heures durant, seule, dans le froid. J'avais l'impression de faire partie de la communauté des laissés-pour-compte en cette soirée particulière. J'étais épuisée mais je continuais à marcher. Vers une heure du matin, pensant que mes parents devaient s'être endormis, je suis rentrée chez moi. Discrètement. Je crois, avec le recul, que cette marche désemparée dans Paris fut un pivot. Comme on tourne à gauche plutôt qu'à droite, j'aurais pu renoncer et en finir. Mon souffle ne tenait plus qu'à un fil. Et puis j'ai compris que je devais cesser de vivre à travers son regard. À l'entrée de la rue des Morts, j'ai choisi de faire demi-tour et de me battre.

Le second semestre commença dès la semaine suivante sur les chapeaux de roue, avec de nouvelles matières. Pour cette seconde partie du programme, il n'était plus nécessaire d'être fort en mathématiques et en physique. Il fallait désormais faire travailler sa mémoire et tout apprendre par cœur. Pour moi, c'était un supplice. Mon cerveau, sous-alimenté, fonctionnait au ralenti. Je n'avais que ma volonté pour me tenir debout.

Peu après la reprise des cours, les résultats du premier semestre tombèrent. Je n'étais pas dans les admissibles d'emblée mais j'en étais très proche. Tout restait donc possible. Il fallait que je m'accroche.

Lors des épreuves du mois de juin, j'étais tellement faible que ma mère m'accompagna à chaque épreuve. Elle restait devant la porte de l'amphithéâtre avec une mission simple : si jamais je tombais dans les pommes pendant une épreuve, elle devait empêcher mon évacuation. Sortir de la salle entraînait obligatoirement l'abandon du concours et un redoublement d'office.

Le jour de l'affichage des résultats, au début du mois de juillet, fut l'un des pires jours de ma vie. Je jouais mon avenir sur un simple numéro. Arrivée devant le tableau, je cherchai fébrilement mon nom parmi les reçus. Ma vue se brouillait entre des larmes de peur. Je n'y étais pas ?

Si, j'étais prise ! Mon rêve venait de se réaliser. Je ne m'étais pas battue pour rien. Avec une immense fierté, j'intégrais la faculté de médecine de Paris. Je le savais désormais, je serai un jour le Dr Raphaël.

Cette réussite me fit prendre conscience qu'un avenir meilleur s'ouvrait à moi, mais que j'étais en train de ruiner toutes mes chances en ruminant le passé. Je tirais sur la corde. Elle allait finir par se rompre. Si je ne voulais pas mourir, il fallait que je parte loin de mon père comme je me l'étais promis avant de demander une audience à la juge. Il fallait que je trouve rapidement une bourse et un appartement pour Marie et moi, afin que l'on puisse déménager en ne comptant plus que sur nous-mêmes et sur l'aide que ma mère pourrait nous apporter. Partir, pour se libérer l'une comme l'autre de notre père. Partir, pour l'oublier.

Il était grand temps de vivre maintenant.

Conclusion

Parmi les mots que m'avaient laissés mes professeurs et mes camarades au moment de mon placement, l'un d'eux citait un écrivain espagnol : « Qui s'embarrasse à regretter le passé perd le présent et risque l'avenir. »

Il est souvent difficile de prendre du recul sur son passé, de l'accepter. Pourtant, pour se tourner vers l'avenir, ce travail est nécessaire.

Aujourd'hui, je n'ai pas pardonné à mon père pour l'enfance qu'il m'a fait subir. Comment pardonner de tels actes quand ils ont duré si longtemps ?

Mais je l'ai accepté pour pouvoir m'en libérer. Vivre dans la haine nous bloque dans le passé. J'ai coupé les ponts avec lui pendant quelques années. Le temps nécessaire pour faire un travail sur moi-même.

Lorsque je suis partie de la maison avec Marie, je me suis arrangée pour avoir au préalable une bourse du CROUS grâce à une assistante sociale extraordinaire qui a fait tout ce qu'elle pouvait pour nous faciliter la vie. J'ai eu la chance de trouver un appartement pour boursier avec un loyer minime et j'ai ouvert une ligne de téléphone sur liste rouge, pour être tranquille.

Une fois nos affaires en ordre, Marie est allée dormir chez des amis. Dans la nuit, j'ai fait tous nos cartons de vêtements, de livres… Sans faire de bruit. Quand mon père a quitté la maison pour se rendre à son travail, dans la matinée, en ne se doutant de rien, je suis allée louer une camionnette de déménagement et nous sommes parties pour de bon. Seule ma mère était dans la confidence. Elle perdait cette fois-ci ses deux filles, triste et courageuse.

Installée dans cette nouvelle vie, j'ai poursuivi mes études de médecine tout en m'engageant dans la recherche scientifique. J'étais passionnée par la cancérologie. J'ai obtenu ma thèse de sciences un an avant de passer le concours de l'internat. C'est à cette période que j'ai accepté de reprendre contact avec mon père. Je ne savais pas s'il avait changé, mais la donne était différente. Désormais, s'il voulait que je décroche mon téléphone quand je voyais son nom s'afficher sur l'écran, et s'il souhaitait continuer à avoir de mes nouvelles, il se devait de respecter mes choix et de me traiter comme une personne. En revanche, nous n'avons jamais pu parler du passé. Tout comme il ne peut envisager que son père l'ait battu, il ne peut accepter la véracité de mon histoire. J'ai longtemps cherché à obtenir des excuses de sa part. Je pensais en avoir besoin pour avancer. En comprenant qu'il ne pourrait jamais me les donner, j'en ai fait mon deuil. Aujourd'hui, même si je garde une certaine distance de sécurité vis-à-vis de lui, je peux envisager un futur dans lequel il s'inscrirait.

Je me suis longtemps demandé s'il m'aimait. J'ai compris que oui. À sa façon. Il ne sait pas le dire, il ne sait pas le montrer, mais je sais qu'en cas de problème il tentera de m'aider.

Beaucoup de gens ne comprennent pas mon attitude, à commencer par Marie qui lui en veut énormément, peut-être plus que moi. Mais comment être heureuse lorsque l'on est envahie par la haine ? Quand je mourrai, je ne veux rien avoir à regretter. À l'hôpital, je vois souvent des patients mourir seuls. Sans aucune famille pour leur tenir la main dans leurs derniers instants. Et tous ont dans le regard une angoisse terrible, une peur indescriptible. Y a-t-il une bonne raison pour qu'ils soient si seuls ? Sont-ils victimes de leur comportement passé ou de l'égoïsme de leurs proches ? Et lorsque je les regarde, si perdus, si démunis, si abandonnés, je ne peux m'empêcher de penser qu'ils mériteraient mieux. Si je peux m'attendrir devant des inconnus, alors je peux tendre la main à mon propre père.

Je n'ai jamais rompu les liens avec ma mère. Je l'aime et j'ai besoin d'elle. Je lui ai pardonné de ne pas avoir su me protéger. Contrairement à mon père, elle porte sur ses épaules une culpabilité terrible qui chaque jour la taraude. Elle a toujours fait tout ce qu'elle pouvait pour nous et continue de le faire encore aujourd'hui.

J'ai arrêté totalement le piano pendant cinq ans. Et puis, lorsque j'ai rencontré mon compagnon, je me suis rendu compte que jouer pour lui était un plaisir. Pendant ma thèse de sciences, l'hôpital dans lequel je travaillais disposait d'un piano. J'ai eu l'autorisation de venir jouer quand je le souhaitais. Ce piano se trouvait à côté du service de soins palliatifs. L'été, je jouais avec les fenêtres ouvertes. Je me suis aperçue que les familles des patients hospitalisés venaient m'écouter sans bruit. Un jour, deux femmes se tenaient derrière la fenêtre. Je les ai fait entrer. Elles se sont assises. Leur père était en train de mourir d'un cancer, dans ce service de soins palliatifs. Je me suis alors installée devant mon piano et je leur ai joué la première ballade de Chopin. Et l'espace de quelques minutes, elles ont oublié leur peur. L'espace de quelques instants, elles se sont senties apaisées. Le temps de cette ballade mélancolique, elles ont laissé couler leurs larmes sans honte, comme coule le temps qui emporte les souffrances aussi bien que les joies.

Ce jour-là j'ai compris ce qu'était vraiment la musique. J'ai compris que j'avais le don d'apaiser les souffrances, l'espace d'un morceau. J'ai compris que ce piano qui m'avait fait tant souffrir pouvait donner un peu de bonheur aux autres. Depuis ce jour-là, je joue quand je le peux dans les hôpitaux possédant un piano, redonnant vie à ces objets vaguement désaccordés qui souvent ne servent plus. Mon cœur se remplit du plaisir de chaque patient venu m'écouter.

Aujourd'hui, ma vie est belle. Je fais un métier que j'aime profondément, je vis avec un conjoint que j'aime passionnément et je profite des petites richesses que chaque jour peut m'offrir. Plutôt que de nier mon passé, j'ai choisi de m'en servir pour que les choses évoluent, pour les autres. Je mène un combat contre la maltraitance faite aux enfants afin d'éviter aux autres, si possible, de connaître ce que j'ai subi. On estime qu'aujourd'hui deux enfants décèdent chaque jour en France des suites directes de maltraitances. Ce sujet reste encore tabou dans notre société et aucun gouvernement n'a encore décidé de prendre pleinement la mesure de ce drame. Les organismes chargés de recueillir les données en matière de maltraitance manquent cruellement de moyens, ce qui entraîne une méconnaissance quasi totale des statistiques de la maltraitance en France et empêche une réelle prise de conscience de l'ampleur du phénomène. Il existe également un manque dramatique de médecins scolaires en France.

Pire : les futurs médecins, en première ligne pour détecter des maltraitances, ne sont pas suffisamment formés au problème. Je peux en témoigner moi-même. Je n'ai pas eu de cours sur ce sujet. On ne nous apprend pas lors de nos études de médecine à repérer les signes d'alertes de la maltraitance. Les médecins et futurs médecins ne connaissent pas bien leurs droits ni leurs devoirs en matière de signalement. Lorsqu'ils se retrouvent confrontés à un cas de maltraitance, ils se sentent souvent seuls et ne savent pas à qui s'adresser.

Je voudrais que la maltraitance faite aux enfants soit déclarée grande cause nationale pour que chaque citoyen prenne la mesure de l'ampleur et de la gravité de ce problème. Les langues doivent se délier. Je voudrais que notre gouvernement dote les organismes luttant contre la maltraitance, mais aussi les services sociaux, de suffisamment de moyens pour que cette lutte soit efficace. Je voudrais que chaque établissement scolaire possède son propre service de médecine scolaire. L'école est le lieu où les enfants passent le plus de temps. C'est dans ce lieu qu'un enfant battu a le plus de chances d'être repéré si tant est que l'on s'en donne les moyens.

Au-delà du drame personnel que la maltraitance représente pour chaque enfant victime, elle a un coût très important en matière de santé publique par ses conséquences à court et long termes. Conséquences souvent sévères qui devront être prises en charge par la société : cécité et déficience intellectuelle chez les bébés secoués ; troubles anxio-dépressifs, troubles du comportement gênant les apprentissages, anorexie, boulimie, tentatives de suicide, délinquance, impossibilité d'insertion sociale et professionnelle, répétition de la violence physique à travers les générations…

J'espère que ce livre aura fait comprendre que le mal n'est pas toujours criant ou manifeste pour des regards étrangers. Souvent les bourreaux paraissent respectables et les victimes se taisent. À présent, vous saurez mieux entendre la petite voix qui appelle au secours, la petite musique de la souffrance cachée.

Postface

Céline

Je connais peu Céline.

Mais je suis resté admiratif de l'énergie, de la ténacité et de la détermination que dégage cette frêle jeune femme. Toujours positive, souriante, elle capte avec calme son auditeur, journaliste, politique, public, et ne le lâche plus avant de lui avoir délivré le message qu'elle tire de sa douloureuse expérience : la nécessité de mieux former les professionnels et de mobiliser les pouvoirs publics sur le drame de l'enfance maltraitée.

Être privée de nourriture, battue des années durant, être enfermée, vivre une solitude écrasante au point de craindre chaque week-end pour sa vie, travailler, travailler encore, travailler toujours pour briller et jouer les artistes prodiges en public tout en gardant le secret sur l'horreur de l'intimité de sa vie familiale. Et le silence autour. Assourdissant.

La vie d'une enfant esclave. Pas une enfant du bout du monde qui travaillerait du matin au soir à nouer des tapis, transporter des briques ou des paniers de sel. Pas une enfant d'émigrés vendue à une riche famille étrangère qui l'exploiterait comme cendrillon à tout faire. Non, une enfant d'ici, une fille de notable. Double contraste scandaleux qui met à mal les images d'Épinal qui sont celles de l'esclavage infantile à l'autre bout du monde et de l'ordre moral supposé de la respectabilité bien de chez nous. Comment suspecter l'horreur de la servitude sous les atours de l'excellence. L'exigence absolue de la perfection qui devient justification de tous les excès et de tous les abus et qui mystifie l'entourage d'autant plus facilement que cette esclave n'est pas affectée à une tâche de souillon mais à une production artistique réservée aux élites.

Abus et mystification

Les formes sophistiquées de la maltraitance, en particulier psychologique, reposent sur ces deux principes qui structurent un double langage destructeur vers l'enfant et vers l'entourage : « Si je dois te faire du mal, c'est pour ton bien », « Si je lui fais du mal, c'est pour son bien. » Le pire étant sans doute quand la réussite vient par surcroît. L'enfant se trouve alors empoisonné par l'ivresse des fruits de son succès, ce qui le fait s'identifier au bonheur du bourreau et participer à la jouissance du maître qui engrange ses dividendes narcissiques. Imbroglio et confusion internes très difficiles à dénouer pour l'enfant.

Sénèque[1] a superbement décrit ce quiproquo mortifère entre un fils et son père, le petit Pélops et Tantale. « Le jeune Pélops accourait dans les bras de son père. Frappée d'un glaive impie dans tes foyers, ô Tantale, la tendre victime fut découpée par ta main, et servie à la table des dieux que tu avais reçus dans ton palais. »

---

1. SÉNÈQUE, *Thyeste*, acte I, scène II [140].

L'enfant se précipitait dans un élan de tendresse du cœur adressé à son père, mais le père ne voyait que la tendreté de la chair chez l'enfant qui courait vers lui. Un mets rare et précieux qu'il pensait, pour se faire valoir, digne de la table de dieux. Mais les dieux antiques révoltés d'un tel traitement sauvèrent Pélops[1] : « En déchirant ses vêtements, il [*Pélops*] découvrit son épaule d'ivoire. Lorsqu'il vint au monde, cette épaule gauche était de chair comme la droite. Son père [*Tantale*] l'ayant autrefois égorgé pour le servir aux dieux, on rapporte que les immortels rassemblèrent ses membres pour les joindre ensemble, et que n'ayant pu retrouver celui qui tient le milieu entre la gorge et le bras, ils remplirent ce vide par une pièce d'ivoire, et ranimèrent ainsi Pélops tout entier. »

Sauvé mais pas indemne.

C'est une des questions posées par l'histoire de Céline : les enfants maltraités peuvent-ils tout à fait guérir d'avoir été si malmenés ? Peuvent-ils s'en sortir ? Peuvent-ils être résilients ? Certains oui, Céline en est un bel exemple, mais ce n'est pas le destin de la majorité. Beaucoup paient un lourd tribut qui grève leur avenir et leur développement.

Une autre question

Pourquoi un enfant tarde-t-il à parler quand il est maltraité ?

Beaucoup d'adultes imaginent qu'il serait facile pour un enfant de révéler son calvaire. Certains parfois, quand

1. OVIDE, *Les Métamorphoses,* livre VI, 382-411.

le drame est enfin éventé, vont aller jusqu'à aller lui reprocher de ne pas avoir parlé plus tôt : « Pourquoi tu nous l'as pas dit ? »

Ces adultes ignorent le courage qu'il faut pour se libérer d'un asservissement, encore plus quand cet état est imposé par ceux-là mêmes qui doivent être des protecteurs. Pour l'enfant, en prendre conscience et le dénoncer nécessitent une maturité exceptionnelle ou une détresse extrême. Ces adultes ignorent aussi le destin tragique des esclaves qui choisissent de fuir : devenir une enfant marronne, suspecte, isolée, bourlinguée, malmenée, et pour qui les mauvaises conditions d'accueil offertes aux enfants en difficulté dans notre pays constituent une épreuve supplémentaire.

C'est aussi pourquoi je suis admiratif du courage dont Céline a fait preuve en témoignant de son incroyable histoire. Pour que ce récit sauve des vies. Mais personne ne veut entendre la vérité sur l'horreur. Prendre la parole pour la dénoncer dérange. Notre société contraint les victimes à se taire et à garder leur honte par-devers elles. Conserver à tout prix l'homéostasie sociétale en maintenant la paix des consciences et l'ordre social. Se tenir à l'abri des coups de chaud et des sueurs froides, à l'écart de la misère humaine, de la barbarie ordinaire et de la sauvagerie commune. Détourner les yeux, ne rien entendre, poursuivre son chemin, ne rien savoir. C'est encore plus flagrant avec la maltraitance infantile, que personne ne veut regarder en face, parce qu'elle touche à la nature même de ce qui nous rend humain et de ce qui fait famille : la sollicitude pour le plus faible sans que celui-ci ait à se justifier de son existence et la protection de ceux qui devront nous succéder.

Pourquoi restons-nous pétrifiés devant la réalité de la maltraitance infantile lorsqu'elle se présente, sans y croire, allant jusqu'à remettre en doute les évidences, alors qu'elle touche tant d'enfants ?

Parce que nos sociétés modernes se sont construites sur un anachronisme, la permanence de la *patria potestas*, et sur un déni, celui concernant l'infanticide.

Le droit écrit, la loi française, le droit européen, les conventions internationales ratifiées par notre pays protègent l'enfant. Mais le droit coutumier, celui qui nous vient des temps immémoriaux et qui imprègne le langage et la vie quotidienne nous susurre tout autre chose. Ce droit coutumier hérité de l'Antiquité, la *patria potestas*, définit l'enfant comme un objet mobilier qui appartenait au *pater familias*. À la naissance d'un nouveau-né celui-ci n'était gardé dans la famille que si le *pater familias* le décidait. Dans le cas contraire, il était abandonné dans un lieu public ou aux bêtes sauvages. Le *pater familias* conservait un pouvoir absolu sur l'enfant : le droit de vie ou de mort, de correction, de le vendre comme esclave ou de décider d'une union matrimoniale.

Les lois ont changé mais il a fallu vingt-cinq siècles pour passer de la *patria potestas* à l'autorité parentale partagée telle qu'on la connaît aujourd'hui et pour laquelle, en France, il n'y a une véritable égalité entre les parents que depuis mars 2002. La *patria potestas* continue d'imprégner la vie familiale sans que nous en prenions conscience : « Si tu continues, je le dirai ce soir à ton père et il te punira », « Si t'es pas sage, t'iras en pension », « Si tu veux pas nous obéir, on te vendra ».

Ce droit coutumier consacrait la toute-puissance paternelle sans droit d'ingérence de la société sur le fonctionnement familial et acceptait l'infanticide comme mode de régulation des naissances, pratique qui fit et qui fait toujours l'objet d'un puissant déni de la société.

Je travaille depuis plus de vingt ans dans un foyer de l'enfance. Des recherches historiques récentes nous ont appris que cette pouponnière où nous travaillons, située dans le parc d'un couvent désaffecté à Angers, est en fait construite sur le cimetière des innocents de cet ancien lieu de recueil des bébés exposés[1]. Ça ne s'invente pas ! Ces nourrissons abandonnés et recueillis par des institutions charitables y mouraient par milliers. En France, entre le XVIIe et le XIXe siècle, plus de six millions d'enfants y sont décédés. Neuf enfants sur dix ne survivaient pas. L'abandon était l'équivalent d'un infanticide coutumier. Nous travaillons et nous vivons sur cet humus historique dont nous ne voulons rien savoir.

Notre société, fondée pendant des siècles et des siècles sur l'infanticide comme seul moyen de régulation des naissances, n'a pas encore fait son coming out sur ce sujet, ni d'acte de repentance, et continue à tenter d'ignorer cette histoire qui nous traverse toujours. Nous restons stupéfaits à l'annonce de faits divers d'infanticides à répétition avec des découvertes macabres dans les congélateurs familiaux mais, tous, nous racontons

1. La pratique de l'« exposition » des nouveau-nés, c'est-à-dire leur abandon dans un espace public, forme d'infanticide coutumier, remonte à la plus lointaine Antiquité, en particulier dans la culture grecque et latine. Elle était encore très fréquente en Europe jusqu'au milieu du XIXe siècle et fut même institutionnalisée par la diffusion des « tours » destinées au recueil anonyme des nourrissons et rendues obligatoires par le décret impérial du 19 janvier 1811.

l'histoire des trois petits cochons à nos chérubins en oubliant de leur préciser qu'il y eut bien plus de nouveau-nés qui ont fini aux cochons que d'enfants mangés par les loups. La lecture des ouvrages de médecine légale du XIXe siècle est à ce titre effrayante.

La persistance inconsciente du droit coutumier qu'est la *patria potestas* et la pratique régulière de l'infanticide depuis la nuit des temps nous rendent aujourd'hui sourds, aveugles et muets face à la maltraitance infantile car, dans les esprits, le droit absolu des parents reste encore plus puissant que la vie ou le bien-être de l'enfant même protégé par la loi.

À partir de quel degré le désir de l'adulte sur l'enfant devient-il maltraitant ?

Il est logique que des parents souhaitent que leur enfant sache lire, écrire, faire du sport, qu'il découvre les sciences, la littérature, les arts et la musique. Et qu'il puisse aussi briller et réussir à sa mesure dans tel et tel domaine et ainsi être reconnu et récompensé de ses efforts. Mais à partir de quelle limite ce désir-là, conçu pour le bien de l'enfant, devient tyrannique et aboutit au contraire à flétrir la jeune pousse ?

Les parents imaginent souvent trouver la réponse en recherchant une norme. Combien d'heures ? À quel âge ? Est-ce trop tôt ? Alors que la réponse est à trouver chez l'enfant. Y prend-il du plaisir ? Exprime-t-il des difficultés ? Qu'en dit-il ? Qu'en pense-t-il ? Reconnaître l'autonomie du désir chez l'enfant c'est le reconnaître en tant que petite personne humaine responsable. Ce qui ne veut pas dire qu'il ne faille pas parfois le soutenir dans ses efforts ou l'inviter à honorer ses engagements et à aller au bout d'un effort acceptable. Mais d'une juste, ferme et sereine exigence, dosée pour forger son caractère sans jamais blesser l'enfant, son amour-propre ou sa confiance en lui.

Un père me racontait : « J'ai pris rendez-vous avec vous parce que j'ai compris que j'étais trop dur avec Martin pour ses leçons. Il travaillait bien mais j'en rajoutais toujours. Un jour j'ai remarqué qu'il avait les yeux humides et qu'il ne me parlait plus. Je me suis fait peur. » Un père dont la tendresse l'a emporté sur une volonté aveugle. Voilà la limite : quand l'exigence et l'amour du travail bien fait – valeurs positives quand elles restent mesurées – ne sont plus structurants mais destructeurs. Et la sensibilité de chaque enfant est différente. Aux parents de s'adapter à lui et de composer avec ses capacités. Pas à l'enfant.

Je reste aussi étonné de la liberté de ton que prennent des parents mais aussi des éducateurs – enseignants, entraîneurs sportifs, professeurs et éducateurs variés, certains, pas tous, bien entendu ! – à l'endroit des enfants. Il leur paraît normal de les humilier, de les moquer, d'user de discrimination. Observer certains parents dans la vie publique, au supermarché, à l'abord d'un terrain de foot ou de tennis à l'heure de l'entraînement ou à la sortie de l'école, qui hurlent, menacent, injurient leurs enfants, fait parfois froid dans le dos. Si vous rajoutez les confidences des enfants sur les cris lors de la séance des leçons du soir ou sur les capacités de leurs ascendants d'inventer des punitions humiliantes ou démesurées – la plus courante étant la suppression de la tournée du Père Noël qui, lui, n'a rien exigé – la coupe est pleine !

Leur position d'autorité sur l'enfant paraît les exonérer du devoir de respect. Ces parents qui manquent de considération envers leur propre enfant seraient la plupart du temps scandalisés qu'un étranger à la famille, voisin, passant, se permette les mêmes libertés avec cet enfant qu'ils viennent de « traiter », comme disent les plus jeunes. Voilà un autre point de repère : accepteriez-vous que votre voisin s'adresse à votre enfant dans les mêmes termes que vous ? Accepteriez-vous que votre collègue de travail ou votre supérieur hiérarchique use des mêmes insultes à votre endroit ? Le harcèlement psychologique ou moral est devenu un concept courant dans le monde des adultes mais certains se comportent à l'identique envers leurs enfants sans même s'en rendre compte. Dire dans ces situations, « J'ai le droit, c'est mon enfant », qui était une évidence dans l'Antiquité et jusqu'au XIXe siècle, est aujourd'hui totalement anachronique.

L'inculture, la bêtise et l'ignorance font aussi des ravages. J'ai vu des parents m'expliquer avoir fouetté leur enfant avec des orties pour le dissuader de faire pipi au lit au lieu de le soigner. D'autres qui frappaient ou punissaient un enfant insomniaque – cela ne viendrait à l'idée de personne d'appliquer la même thérapeutique à un adulte. Certains parents se liguent avec les enseignants pour contraindre *manu militari* leur enfant à rentrer dans l'école ou dans le collège alors qu'il présente une phobie scolaire très invalidante. Un salarié en difficulté dans son entreprise, qui s'y rend la gorge serrée et le ventre noué, accepterait-il un tel traitement ?

Un enfant qui pleure pour aller à l'école n'est pas un fainéant. Il est sans doute en difficulté avec le travail scolaire ou avec ses camarades, ou avec les professeurs, ou avec lui-même pour des raisons diverses.

La manifestation d'une difficulté chez l'enfant est trop souvent perçue par les adultes comme l'expression d'un acte d'opposition ou de rébellion – « c'est de la comédie, tu le fais exprès, tu veux nous embêter » – avant que soit interrogée la dimension de souffrance psychologique qui la sous-tend. Pourquoi ne pas demander tout simplement un avis médical ou psychologique avant de taxer l'enfant de « n'être pas sage, pas grand, pas raisonnable, pas mignon, pas obéissant » et de lui prédire l'avenir le plus sombre comme une certitude incontournable.

Une dernière question

L'histoire de Céline n'est-elle qu'un accident ? La maltraitance n'est-elle pas réservée à la progéniture des miséreux ? Comment pourrait-elle se rencontrer dans les familles illustres et toucher des enfants de haute lignée ? Un petit détour par la mythologie peut nous éclairer et la lecture des mythographes nous libérer de cette illusion. Les enfants des dieux ne sont pas à l'abri des mauvais traitements.

Prenons Héphaïstos. Il avait été maltraité bébé par ses propres parents, Zeus et Héra, le maître de l'Olympe et son épouse. Pausanias rapporte : « Les Grecs racontent que Héra précipita Héphaïstos [*du haut de l'Olympe*] dès qu'il fut né et que celui-ci, qui n'avait pas oublié ces mauvais traitements, lui envoya en cadeau un trône portant des liens invisibles ; une fois assise, elle y fut enchaînée et aucun des dieux ne put persuader Héphaïstos de consentir (à la libérer). »[1]

Dans une seconde version de la légende, reprise par le pseudo-Apollodore, c'est Zeus qui maltraita son fils : « Ayant voulu secourir sa mère que Jupiter avait suspendue du haut de l'Olympe [...], ce dieu le précipita du Ciel, d'où il tomba dans l'île de Lemnos ; et s'étant estropié les pieds, Thétis prit soin de lui et le sauva. »[2]

Dans un autre texte encore, Homère[3] reprend les propos de Héra dénonçant comment Zeus expédia l'enfant par-dessus bord : « Mon fils Héphaïstos, que j'ai enfanté moi-même, est débile et a les pieds tournés ; car, l'ayant saisi de ses mains, il l'a jeté dans la mer large. »

Héphaïstos conserva la crainte de la violence de son père[4] : « À ma mère je conseille – et elle y pense déjà – d'offrir à Zeus, mon père, de l'agrément, pour éviter qu'à nouveau mon père ne la querelle, troublant notre festin. Car si l'Olympien foudroyant veut nous précipiter de nos sièges... Il est de beaucoup le plus fort. "Touche-le donc par des paroles tendres, et, aussitôt, nous aurons l'Olympien de bonne humeur". Parlant ainsi, Héphaïstos s'élance avec une coupe à deux anses, la met dans la main de sa mère, et dit : "Supporte cela, ma mère, souffre-le, malgré ta douleur, de peur que, malgré mon amour, je te voie battre sous mes yeux. Alors je ne

1. PAUSANIAS, I, 20, 3.
2. Pseudo-APOLLODORE, I, 3, 5.
3. *Hymnes homériques*, I, 331.
4. HOMÈRE, *Iliade*, Chant I.

pourrais, malgré mon chagrin, te secourir, car il est difficile de lutter contre l'Olympien." »

Héphaïstos eut toujours de la reconnaissance pour sa « famille d'accueil », Thétis et sa fille Eurynomé, qui le sauvèrent de la mort, le soignèrent et le chérirent, à l'écart du monde, comme le rapporte Homère dans un texte magnifique[1] qui relate une visite de Thétis chez Héphaïstos adulte : « Cependant à la demeure d'Héphaïstos arriva Thétis aux pieds d'argent, demeure impérissable, brillante comme un astre, remarquable parmi celles des immortels, faite de bronze, que le Boiteux s'était lui-même fabriquée. Elle le trouva suant, tournant autour des soufflets [...].

» L'illustre boiteux [*déclara*] : « Certes, c'est une déesse crainte et vénérée qui est chez moi, celle qui me sauva, quand la souffrance me vint, après la longue chute voulue par ma mère aux yeux de chienne, qui désirait me cacher, parce que j'étais boiteux. Alors j'aurais souffert en mon cœur, si Eurynomé et Thétis ne m'avaient reçu sur leur sein, Eurynomé, fille de l'Océan qui revient sur lui-même. Près d'elles, pendant neuf ans, je forgeai maints bijoux bien faits, agrafes, spirales aux belles courbes, calices de fleurs et colliers, dans une grotte profonde. Autour d'elles, le cours de l'Océan, avec son écume et ses murmures, coulait, infini ; et nul ne savait rien, ni des dieux, ni des mortels, sinon Thétis et Eurynomé, qui m'avaient sauvé. C'est Thétis qui vient aujourd'hui dans notre maison ; je dois bien payer entièrement, à Thétis aux belles boucles, ma rançon de vie sauve. Toi, place devant elle de beaux

1. HOMÈRE, *Iliade*, Chant XVIII.

présents d'hospitalité, pendant que je mettrai de côté mes soufflets et tous mes outils ». Ayant dit cela, de son enclume l'être monstrueux, énorme, se leva, en boitant ; sous lui s'empressaient ses jambes grêles. Les soufflets, il les mit loin du feu ; et tous les outils, dans une caisse d'argent, il les rassembla, ses instruments de travail. Avec une éponge, il essuya sa figure, ses mains, son cou fort, sa poitrine velue. Il revêtit une tunique, prit un gros sceptre, et marcha vers la porte, en boitant. »

Les panthéons grecs et égyptiens nous offrent aussi les légendes d'Hercule et d'Harpocrate, tous deux enfants malmenés et dont les vertus propres à chacun, la force et le travail incessant pour le premier, les dons de thaumaturge pour le second, sont des formes de résilience qu'ils ont été contraints de développer en réaction à la maltraitance.

Apollodore[1] raconte qu'Alcmène, séduite par le maître de l'Olympe, mit au monde deux enfants, l'un de Zeus – son amant –, Héraclès, plus vieux d'une nuit, et l'autre d'Amphitryon – son mari –, Iphiclès. Selon les versions ce fut Héra, épouse de Zeus, résolue à se venger, ou Amphitryon, désireux de savoir lequel des deux enfants était son vrai fils, qui mit des serpents dans le berceau des jumeaux. Le premier exploit d'Hercule fut de réussir, encore bébé, à étouffer ces énormes reptiles. Il démontra alors les prémices de sa force légendaire.

Quant à Harpocrate, dont les Grecs estimaient qu'il était une réminiscence d'Hercule, il dut affronter la

---

1. Pseudo-APOLLODORE, Livre II, 4, 8, « Zeus et Alcmène, Amphitryon, Héraclès et Iphiclès, les serpents », trad. Ugo Bratelli, 2001.

haine de son oncle, le méchant Seth, figure du dieu jaloux et destructeur. Celui-ci voulait le faire périr et déposait la nuit scorpions, serpents et toutes sortes d'animaux redoutables dans son berceau. Mais chaque matin Harpocrate survivait. Sa mère Isis réussit à le guérir et à le cacher. Il était parfois représenté tenant des serpents à la main et chevauchant des crocodiles. Ayant échappé à la mort, on lui attribuait le don de sauvegarder les vivants. À cet effet, son effigie protectrice était portée en amulette ou montée en bague chez les Romains.

Le petit Harpocrate est aussi représenté l'index posé sur les lèvres dans un geste d'admonition, imposant le silence. Souvent interprété dans le sens de l'injonction de se taire devant les mystères du divin, on peut aussi le lire comme le silence contraint ou choisi de ceux qui ont traversé l'horreur, de la guerre, des camps, de l'arbitraire, du totalitarisme ou de la maltraitance, et qui savent combien l'homme est capable du pire. Rescapés taisez-vous ! Ne troublez point les fêtes et les danses des vivants. Harpocrate, préserve-nous de la folie des hommes !

La maltraitance infantile touche tous les milieux.

L'exigence de performance sociale qui caractérise les milieux aisés peut y devenir un facteur de pression psychologique extrême sur l'enfant. La dénonciation de la maltraitance infantile y sera beaucoup plus difficile que dans des milieux moins favorisés et moins aguerris à se défendre et à se protéger. Sandor Ferenczi écrivait en 1932 : « Même des enfants appartenant à des familles honorables et de tradition puritaine sont, plus souvent qu'on osait le penser, les victimes de violences et de viols. »[1]

Vous pourriez arguer que la société a changé et que les idées sur une éducation respectueuse des enfants ont progressé. Désormais des lois protègent mieux les enfants. Sur le papier et dans les discours certes ! Mais constater, en France, en 2013, que plus de cinq cent mille mineurs ont été retirés à leur famille à un moment ou à un autre de leur enfance, que les morts par infanticide dépassent chaque année en nombre les décès des femmes battues et que les rares statistiques[2] disponibles sur la maltraitance infantile démontrent l'accroissement constant des cas dépistés, n'incite pas à croire que cette évolution des mentalités et de la conscience sociale concernant l'enfance bénéficie à tous.

Pour conclure

Parler suppose une écoute. Et l'écoute suppose une rencontre. Le risque pour un enfant s'il parle, c'est qu'on ne l'entende pas. Et pour un enfant, parler en vain est pire que se taire. Aux terribles conséquences psychiques d'avoir été exploité et piétiné, à la cruelle désillusion sur la capacité protectrice de ses parents, se

---

1. FERENCZI (Sandor), *Confusion de langue entre les adultes et l'enfant* [1932], Paris, Payot & Rivages, coll. « Petite Bibliothèque Payot », (n° 521), 2004, 96 p.

2. Il est révoltant de constater que l'État français ne dispose même pas en ce début de XXIe siècle d'un organisme officiel en situation de fournir des chiffres réguliers ou fiables sur la maltraitance infantile. Les dispositifs prévus à cet effet par la loi sont inopérants.

surajoute la perte définitive de toute espérance dans la solidarité humaine.

Si Céline a survécu à cet enfer, c'est grâce à une rencontre. Quelqu'un a reconnu en elle une personne humaine et ne s'est pas conformé au stéréotype de l'enfant qui devrait être soumis au caprice unilatéral de ses parents. Comme Céline le raconte, c'est une infirmière scolaire – s'appelait-elle Thétis ? – qui lui a redonné cette seconde vie.

Combien un enfant a-t-il de vies ?

Plusieurs ? Comme dans les jeux vidéo où le héros mort se relève à chaque fois que l'on presse le bouton *on-off* ?

Non ! La partition de la vie n'est pas un jeu vidéo. Mais pourtant, Céline, je vous souhaite *New Game*.

Daniel ROUSSEAU

Table

PAPIER À BASE DE FIBRES CERTIFIÉES

Le Livre de Poche s'engage pour l'environnement en réduisant l'empreinte carbone de ses livres. Celle de cet exemplaire est de :
250 g éq. CO_2
Rendez-vous sur www.livredepoche-durable.fr

Composition réalisée par PCA

Achevé d'imprimer en mai 2015 en France par
CPI BRODARD ET TAUPIN
La Flèche (Sarthe)
N° d'impression : 3011351
Dépôt légal 1re publication : juin 2015
LIBRAIRIE GÉNÉRALE FRANÇAISE
31, rue de Fleurus – 75278 Paris Cedex 06

75/1136/4